岛田庄司作品

森孝传说

龙卧亭幻想

龍臥亭幻想·上

〔日〕岛田庄司 著
SOJI SHIMADA

李晓光 徐奕 译

著作权合同登记号　图字 01-2023-4301

RYUUGATEI GENSOU JOU
©Soji Shimada，2007
All rights reserved.
Original Japanese edition published by Kobunsha Co.，Ltd.
Publishing rights for Simplified Chinese character arranged with Kobunsha Co.，Ltd.
through KODANSHA LTD.，Tokyo and KODANSHA BEIJING CULTURE CO.，LTD.
Beijing，China.

图书在版编目(CIP)数据

龙卧亭幻想. 森孝传说 /（日）岛田庄司著；李晓光，徐奕译. -- 北京：人民文学出版社，2024.
（岛田庄司作品）. -- ISBN 978-7-02-018958-8

Ⅰ. I313.45
中国国家版本馆 CIP 数据核字第 2024KV1828 号

责任编辑　朱卫净　张玉贞
封面设计　钱　珺

出版发行　人民文学出版社
社　　址　北京市朝内大街 166 号
邮政编码　100705

印　　刷　山东新华印务有限公司
经　　销　全国新华书店等

字　　数　168 千字
开　　本　850 毫米×1168 毫米　1/32
印　　张　9
版　　次　2024 年 10 月北京第 1 版
印　　次　2024 年 10 月第 1 次印刷

书　　号　978-7-02-018958-8
定　　价　59.00 元

如有印装质量问题,请与本社图书销售中心调换。电话:010-65233595

目录

森孝传说　1

第一章　第一具尸体　45

森孝魔王（一）　177

第二章　被预告的第二具尸体　200

森孝传说

1

关森孝伯爵乃是贵族出身，延续着幕府时期备中①藩的老爷关长克的血脉。日本进入明治时代后不久，森孝不仅在新见市②内拥有宏伟的本邸，还在西贝繁村的森林中、杉里的山腰处拥有一座别墅，叫做"犬房"。森孝之所以特意在这个连农户都没有的偏僻之地建造别墅，是因为此处有温泉涌出，虽然水量很少。

此地的温泉在江户时期就为人所知，但因为泉水量少，又是冷泉，需要烧热才行，森孝的先祖谁都没想过利用。但是，森孝请人调查后得知，此处的温泉水可以治疗风湿，尤其是腰痛，还具有增强肠胃等内脏功能的效果，因此，患有腰痛老毛病的森孝为了进行温泉治疗，就请人在此建了浴池和小屋，作为自己的别墅。

森孝发现这里时，在温泉的泉眼附近，只有后山的狭小墓地和守护墓地的寺庙，再往上是一个徒有神社之名的小祠堂，完全就是深山幽谷。周围杉树丛生，神

---

① 备中，日语写作"備中"。日本旧国名之一，相当于冈山县西部。
② 新见市，位于日本冈山县西北部。

社也没有神官,脚下只有宽阔的水田和旱田。农民们都住在东面的贝繁村落,到这里来耕田,所以此处没有房屋,只有野兽偶尔奔跑在田埂上,真正是荒凉的深山。

当初森孝所建的别墅,也只是砍伐了一片杉树林,在泉眼边造了个小浴池,盖了间能铺被褥睡觉的小屋而已,是个不折不扣的"隐蔽温泉"。后来,对此地十分中意的森孝,又砍掉了一片杉树,进一步推进别墅的建设。可以说,新见的老爷俨然要迁居于此。因此,听到风声的当地人非常高兴,法仙寺的住持夫妇也建起了佛堂,扩建了墓地。甚至开始出现在自家田地旁盖房而居的农民,因为他们打算将大米和蔬菜卖给伯爵。

不论如何建造,别墅也根本比不上新见市内的本邸那般豪华气派,但是,此处却有本邸所没有的风雅之趣。砍掉杉树林后开辟出来的地方,整体形成了一个斜坡。森孝将此宽阔的斜坡命名为"百级月牙台阶",请人铺上石块,砌成了长长的坡道。斜坡为天然形成,向右旋转呈弧形上升,森孝在此请人铺设了石阶,在最高的尽头造了温泉浴池。

在这片坡道环绕的马蹄形土地上,森孝请来新见市最好的园艺师,修建了漂亮的花坛。在坡道的中途,既可眺望,也可俯瞰。木制台阶一直从浴池前面往下延伸至花坛,坡道并不迂回,正好可以用此往来于浴池与花坛。

在百级月牙台阶途中的左手,沿着石阶,零星排列着一些小屋。所谓"犬房",是对这些风雅的石板路以及小屋等建筑群的总称。森孝的住处在百级月牙台阶下方,是最先被建成的。森孝每天早晚都会走出房间,悠然地拾级而上,去泡温泉。因此,浴池后面盖了一间小柴房,存放着木柴。为了让主人随时能泡温泉,家里的雇工和女人们为了不让温泉变冷,一直要留意添柴。因为贝繁村冬季会下雪,必须把燃料放在屋檐下。

从周边的山上就可以砍到很多木柴。雇工中有个叫浜吉的男子,原来是个樵夫,他主要砍伐犬房周边的杉树,采集树枝。因为这里从前人迹罕至,也没人砍伐杉树,所以杉树品种繁多,既有小杉树,也有千年以上树龄的老杉树。因为杉树很高,砍一棵树,就有了相当多的燃料。砍倒的杉树由一个叫芳雄的年轻雇工锯成一段段圆木,再用斧子劈开,堆积在柴房存放着。

森孝别墅的正门朝着通往贝繁法仙寺,以及更高的大岐岛神社的登山路,通往温泉浴池的百级月牙台阶则始于房后。从正门走到路上,下坡往南,有一条小河名曰苇川,沿河两岸遍植樱花树。犬房的后面是广阔的杉树林,河对岸是空旷的田园风景,此处确是风光明媚的好地方,樱花盛开时节更是富有情趣,下雪时分也很美妙。森孝虽是平凡之人,却有雅趣,具有发现美的眼光。

温泉浴池的建造大量使用杉木、桧木和桐木,非常奢侈豪华,这些木材大半都是在本地砍伐的。为了建造浴池，森孝还从津山、冈山等地请来了很多木匠和手工艺人。森孝将百级月牙台阶旁的小屋分给这些工人和园艺师每人一间，让他们住在这里为他工作。因此，犬房领地内，便形成了小小的村落。

不过，西贝繁杉树林里的温泉水量并不多，不足以再建造更多的温泉村落，而且又是冷泉，需要加热。在这个山村，本来有人居住，但都是农民或者烧炭人，很贫困，根本不会有引温泉储存，将其烧热泡温泉的想法。于是，长久以来，这温泉一直由关伯爵一家独享。

森孝特别喜欢狗，就连去别墅时，也要带着好几条狗。沿着百级月牙台阶所见的几个小屋，就是专为他的爱犬而建。"犬房"之名就来源于这些小屋，以及不时地从深山中传出的犬吠声。明治维新时期，森孝的两个哥哥遭到新势力的血统肃清，失去了性命。与父亲和两个哥哥相比，森孝乃凡庸之辈，因此被排除在肃清名单之外，得以保住了他的爱狗之命。

世事变迁，如今森孝的两个哥哥均已辞世，他就成为了备中藩老爷家唯一的血脉。但是，明治天皇时期，因为萨长藩掌握了政权，作为谱代大名①的关家，也未被东京的中央政府重用，森孝便无事可做了。他小心谨慎却爱慕虚荣，很容易被人煽动和怂恿。他想顺应潮流赚些钱，尝试了各种行业，却屡屡失败。如今是一个新

---

① 谱代大名，江户时代，大名的门第之一。关之战以前就追随德川家族的家臣。作为将军家的股肱之臣，受封要地，任幕府要职。

时代，是机灵人的天下，有无数赚钱的好时机。但是，森孝本来就是个只为自己的兴趣爱好而活、此外便是毫无能力的人。他既没有洞察新时代潮流的能力，没有关心时政之心。此外，他不被人尊敬，也没在身边培养聪明的家臣，当然不会有成功之望。他只是在嘴上说要赚钱，总是把事情全盘交给别人去做，连做哪一行也交给别人选择，因此，理所当然地，各种生意都不断破产。但是，那些怂恿他做生意的人，倒是攒下了一些小钱。森孝却连这一点都没觉察到。

于是，祖传的财产逐渐减少，也没人忠告他进行财产管理。除了财力，关伯爵家的势力也逐渐丧失，终于到了山穷水尽的地步。如果想周济一下心腹家臣、用人以及周围的百姓，除了将新见市内的宅基地变卖，别无他法。

除了狗，森孝还有一样所爱，那就是女人。夏天，西贝繁十分凉爽，森孝经常来此避暑。一旦逗留时间长，他一定会携女管家阿振、两个女佣、雇工浜吉和芳雄、妻子阿胤、女儿美代子、爱妾阿嘉同行。这些家眷和用人来别墅时，森孝就让他们住在百级台阶边的小房子中，各自拥有一间。

不过，如果是在以前的关家，根本不是如此寒碜的阵容。在森孝位于新见的豪宅内，建有长局①，每个房

---

① 长局，在宫中或者幕府的后宫，将一栋长长的建筑物分割成的很多女官房间。

间都恭候着一位侧室夫人,她们每晚都等待着森孝的到来或召唤。如前所述,森孝极具审美眼光,这些侧室都是从各地精挑细选出来的美女。关家的豪宅之所以如此铺张奢华,也因为有这座长局的存在。它就像幕府将军的后宫一样,雄踞在豪宅之中。

百级月牙台阶沿路之所以建了很多小房子,也是因为森孝泡温泉时总是带众爱妾同行之故。除了为狗盖犬舍,还需分给侧室们每人一间房屋,因此小房子数量逐渐增多。傍晚时分,森孝有时突然走出山坡下的住处,看起来像是要去泡汤的样子,悠闲地拾级而上,途中一时兴起,会到某个侧室那里停留一下。两人一番枕边细语后,森孝通常会带着她爬到坡道尽头,一起泡温泉。泡汤时,几位最精干的家臣守卫在中央花坛,监视四周,狗也被放出来,以防刺客出现。

从年轻时起,森孝的生活就大致如此,双亲和兄长过世后,他找女人就更加肆无忌惮。但是,好景不长。关家有钱有势之时还好,家道衰微之后,已无钱雇佣家臣。于是,家臣们四散离去。众多侧室年过三十,不再侍寝时,森孝就在犬房的下方为她们盖房子,分给她们水田,从村落里挑选长相不错的男子,让她们一个个出嫁。如果男女双方都认可,就举办婚礼,让他们以农耕为生。森孝这样做也是出于节约遣散费的考虑。

自己曾经很宠爱的侧室离开时,除了为她们找到丈夫,森孝还会赐姓"犬坊",让其在村里拥有一定权利,使其属于佃农。另外，奇妙的是，森孝牙齿不好，常日夜苦于牙痛，如果牙齿掉了，他就将牙齿装在织锦荷包中，赐给他喜欢的人家，让他们当成传家宝。住在此地期间，森孝共掉了三颗槽牙，因此将其视为传家宝的人家有三户。如此这般，在森孝的犬房别墅之下，姓犬坊的人家日渐增多。

女管家阿振原是森孝父亲的侧室，不再侍寝后，就以管家身份在关家发号施令。森孝对这个一把年纪、足以当自己母亲的女人很厌烦，曾再三告诫她，若不想嫁给城里的男人，就回老家吧。但是阿振不听，向他鞠躬恳求说："我的双亲均已去世，没有一个亲人，我不敢说留在本邸，恳请您让我去打理犬房吧，我一辈子都要与关家同在。"实际上，阿振是个非常细心机灵的女人，还擅长做饭，正是托了她的福，森孝才能尽享美食。于是，森孝觉得让她去管理犬房也罢，就勉强答应了她的请求。但是，之后森孝为此懊悔不迭。

后来，关家的经济终于陷入窘境，于是召集所有亲戚到场商议，商议的结果是，为了维持生计，只好将新见市内的豪宅出售。因此，森孝只能将西贝繁村的犬房别墅作为定居之所。亲戚们将贝繁的田地都分给森孝，让他作为生活来源。这固然十分令人感激，但这些田地也没有太多收益。今后，森孝只能靠农作物以及微薄的收益来勤俭度日，不可能再纳妾，他身边的女人只剩下正室夫人阿胤和爱妾阿嘉。因为他十分宠爱阿嘉，虽然生活十分困窘，他也不能抱怨什么，这十分令人意外。

森孝搬到西贝繁犬房时，年过六十的阿振就像犬房的主人一样，恭候在那里。她在这里被称为"老夫人"①，日夜行使着权力。虽说森孝还是一家之主，但因家道中落，失去权势，就像是这个家的装饰品一样。在犬房这个地方，他必须和颐指气使的阿振朝夕相处。虽然他身边还有妻子阿胤、女儿美代子、爱妾阿嘉，以及浜吉和芳雄两个雇工、两个女佣和几条狗，但因为森孝没什么威望，雇工和女佣都不在乎他，而只看老夫人阿振的脸色行事，听从她的命令。就连狗看到阿振，也更拼命地摇尾巴讨好。在这里，如果没有阿振的高声喝令，似乎一切都不能运转，就连田地的收益，也全部由她打理。

虽说这种操作是亲戚暗中授意的，但从实际考虑，这种决断也是妥当的。如果让生性放荡、铺张浪费又爱慕虚荣的森孝掌管家计，关家可能都撑不了一个月。但是，森孝每天都愤愤不平地抱怨：到底谁才是一家之主？有时，下人们甚至假装没听见森孝叫他们。若是在以前，森孝早命人把他们拉出去斩首了。下人在森孝面前走过，即使他叫住他们，浜吉等人也只是做出"老爷到底想要命令我干什么"的表情，完全就是假装殷勤，实则打心底瞧不起他。但是，因为实际上森孝并不

---

① 原文为"御後室様"，意为"有身份之人的遗孀、未亡人"。译者此处译为"老夫人"。

做事，即使命令下人，顶多也就是让他们做砍柴之类的活儿。这种事，浜吉和芳雄都经常是主动去做的。在这里，森孝只能听从老夫人的安排，安静地演好装饰品的角色，此外别无出路。

要说假装殷勤，阿振的态度才是最为典型。每当她出现在森孝面前，先是礼貌地双手触地行礼，微笑地问候，然后将每天的情况、田地的经营等，事无巨细地汇报很长时间。虽然她一直面带微笑，但往坏里想的话，她不过是在心中嘲笑他的无能罢了。森孝虽然生气，但毕竟没有确切证据证明阿振的险恶内心，而且阿振十分心细，作为管家十分完美，他也就不好抱怨什么。只要森孝一喊"喂，把那个拿来"，他要的东西马上就会出现在眼前。阿振十分了解森孝的嗜好和生活习惯，总是事先安排好一切。总之，森孝的生活就是如此单调，但是安排生活各方面，阿振要比他的妻子机灵百倍，只要有阿振在，妻子几乎无事可做。

妻子搬到犬房后，就成了森孝的发火之源。阿胤家世很好，是美作①大名的后代。她从小家教甚好，不仅会读书写字，古筝和儒学均修养深厚，足以教授他人。她被赞为家中最美的女人，虽然聪明，却自视甚高，对男人很冷漠。而且，虽然不方便说给外人听，她的性欲超乎常人。

---

① 美作，日本旧国名之一，相当于现在冈山县东北部，自古以生产和纸闻名。

若是年轻时的森孝，满足阿胤根本不在话下，但是，因为从二十几岁起，他就总是沉迷女色，过了四十岁，搬到犬房之后，他就明显感觉自己在这方面的能力衰退了。身边的女人减少了，生活少了刺激，加上他自身的气馁和丧失自信，不知不觉就夺走了他的性能力。

让他惊讶的是，看起来文静寡言的妻子，一看丈夫无法满足她的欲望后，竟然立刻明目张胆地开始嘲笑、轻蔑他。她的言外之意是，满足自己是男人的义务，既然满足不了，作为男人就不值得尊敬了。因此，森孝终于意识到，以前关家的女人们能和平相处，都是他这个家长的男性能力支撑使然。如今家里经济式微，自己的性能力也衰退，他与女人们的关系也面临危机。

不过，阿胤和阿振却相处得非常融洽，有时看起来甚至像亲生母女。两人一起谈笑风生，一起逗美代子玩儿，一起指挥女佣做饭打扫。有时，两人还会联手对付森孝。偶尔阿胤和森孝对立时，阿振就立刻向森孝俯首鞠躬，袒护阿胤，让森孝顺从阿胤的主张。不过也有相反的情况。

阿胤好像会抽空教阿振弹古筝，她经常一个人在里间弹，有时森孝想又听见了古筝的声音，往里一看，经常会发现并非阿胤，而是阿振。阿振家境并不富裕，当然没能学习古筝等技能。因此，大概从幼年时期，她就非常憧憬古筝，加之各方面能力都很强，古筝技艺也迅速提高。看到如此努力的阿振，反观无所事事、虚度光阴的自己，森孝感到非常自卑。

偶尔，森孝很在意雇工芳雄，因为他觉得妻子阿胤和阿振似乎对他过于关心了。芳雄才二十几岁，是新见干货店老板的第六个儿子。见他家似乎在为人口太多吃不饱饭而犯愁，森孝就在他十五岁时收养了他。芳雄长大后，虽然个头不高，却有一张像女人般漂亮的脸蛋。但是，他虽然长相俊美如歌舞伎艺人，却因为从小干体力活，体型健壮、肌肉结实，举手投足间偶尔会有机敏伶俐之态。因为他体格好，有一次，森孝将他叫到花坛边，给他一把竹刀，与他比试剑道，发现他剑道技艺高超，颇为吃惊。

从孩提时代起，森孝就被父兄严格地训练剑道，但他总是不敌兄长们，因此很讨厌剑道。兄长们具有教师级别的剑道素养，而他根本没有。到了明治时代，森孝将大小两把刀磨光，睡觉时放在枕边，却因为没有练习对手，也不再是崇尚剑道的时代，因此也就不再挥舞竹刀。发现芳雄的剑道水平似乎高于自己之后，他就再也没和芳雄比试过。

森孝对于爱妾阿嘉喜爱至极，甚至到了"放到眼里也不怕疼"的程度。阿嘉与阿振也相处得十分融洽。但是，在森孝眼里，不过是老练的阿振驯服了年轻的阿嘉，让阿嘉亲近并服从她罢了。有时，阿嘉会称阿振为"老夫人"，这让森孝既吃惊又愤怒。接连几天，森孝都训斥阿嘉，让她对阿振直呼其名即可，阿嘉当场也回答说"好的",但私底下似乎仍然称阿振为"老夫人",有时还会叫她"奶奶"。森孝心想"阿振真是出人头地了",但家里已经无人听他说这些讽刺的话了。

阿嘉才刚满十九岁,住在犬房,十分孤独,因此才和阿振比较亲近。她需要一个像母亲般的人爱护她,于是就按照阿振的指示行事了。森孝对阿嘉的疼爱胜过任何人任何事,他经常在檐廊把阿嘉抱在膝上,日日夜夜对她轻声低语:"你是我最后的女人,是我至今最爱的女人,只有你,我不会送给任何人。"森孝爱阿嘉,对她不说重话。而且,因为阿振细致入微的照料,森孝的日子轻松自在,因此对阿振也不能厉声相向。说起原配阿胤,她已经年近四十,在森孝心中,早已不将她算入女人之列,有时一整天也不和她说一句话。对原配妻子,森孝就是这样冷漠对待的。

一天,森孝突然发现没听见狗叫。森孝虽然爱狗,但照顾狗的事,他都交给阿振和雇工了。他和阿嘉只是会抚摸一下狗的头,或带它们在院子里转转。森孝去犬舍一看,一条狗的影子也没有。他问了阿振才知道,她把那么多狗都送给了犬坊周边的百姓家。森孝吃惊地抱怨一番,阿振却说:"家里已经没有给狗吃的东西了。现在已经没有刺客了,也就不需要狗了。我只是吩咐犬坊的人们照顾一下狗,寄放在他们那里罢了。那些人家里喂狗的粮食有的是,您若是吩咐说要看狗,他们随时能把狗带过来,并不是把狗赏给他们了。"森孝也清楚家里经济不宽裕，也就不好说什么了。一下子，院子里变得安静沉寂。于是，在犬房别墅，森孝所爱之物，唯有阿嘉了。

2

九月的蒙蒙细雨，像白色雾霭一样笼罩着百级月牙台阶。近处的树木，绿色依然依稀可见，但远处的山峦则是灰蒙蒙的，排列在缓坡两边的小房子也被雨淋湿，变成了黑色。围绕着犬房别墅的杉树林四周，宛如一幅水墨画，失去了色彩和声音，静止了。在这样下雨的午后，尤其如此。花坛的雁来红，也失去了色彩。

阿胤撑着油纸伞，慢步登上石阶。在离浴池还有大约一百米的地方，她先认出了用手巾包住双颊的芳雄。阿胤的脸上刚刚还绽放着笑容，却突然严肃地举起了右手。此时，芳雄正要从浴池前面往下走到花坛所在的中庭，他刚刚把脚放在木制台阶的第一级。

"芳雄！"阿胤尖声叫道，"停下！"

因为被叫住，芳雄缩回脚，站在那儿看着阿胤。阿胤将伞稍稍抬高，将本来就掀起来的和服裙摆再拉高一些，露出整个小腿，小跑着往上走。

"啊，是夫人。"等阿胤走近，芳雄说道。

"芳雄，不能走那个台阶哦。"阿胤有点儿气喘吁吁地厉声说。芳雄很吃惊，紧紧盯着阿胤，似乎在想，为什么呢？

"你最近从这里下去过吗?"阿胤问。

"嗯,前天。"芳雄点头回答。蒙蒙细雨中,芳雄紧锁双眉。尽管如此,年轻的芳雄仍然十分英俊。

"没什么问题吗?"阿胤问。

"啊,好像很吓人呢……"芳雄说。

"是吧。"阿胤点点头。

"我昨天从下面要上去时,踏板好像脱掉了,差点儿掉下去。把我吓坏了。"

"是。"

"这台阶很危险,木板已经腐烂,不能再从这里下去了。你也要告诉浜吉,让他小心。"

"嗯。"

"明白吗?这是我的命令,要好好遵守,你和浜吉都要这样。"

"那么,我也要提醒女佣们,还有老爷……"芳雄眼睛朝上看向阿胤。

"老爷那边,我已经说过了。女佣们也由我来说吧,你就照我说的,别再从这儿下去了。这样的雨天尤其危险,木板湿了,会变得更不牢固。因为木板都腐烂了,过几天我会叫木匠来替换掉。知道了吗?别再走这个台阶了。"

"是,明白了。这样的话,我在这儿打个木桩,用绳子拦起来吧。"芳雄说。

"不用了,我会告诉大家小心的。"阿胤说。

"是。"

"那你就从那边绕一下走下去吧!"

芳雄向阿胤低头鞠躬,正要从她身边过去。

"哦,芳雄!"阿胤又叫住了他,"现在浴池有人在烧水吗?"

"有,浜吉在烧。"

"是吗?你,没伞吗?"

"不,并不是没有。"芳雄回答。

"那你到这边来一下吧,我的伞在这边。"

听阿胤这么说,芳雄惊讶地看着她。

"是,不过夫人,我身上脏,还没洗澡。"

"没关系,你就过来吧!"

阿胤断然命令道,芳雄只好战战兢兢地进到油纸伞下,他被雨淋湿的脸庞就在阿胤眼前。阿胤从和服袖中拿出手帕,为芳雄擦去脸上的雨水。

"啊,夫人,您别这样,太浪费了,反正还会弄湿的。"

说完,芳雄缩回脸,似乎要逃开一样。

"别动!"阿胤训斥道,"芳雄,这种雨天,不能不撑伞的,会感冒的!"

"没事的,夫人,我习惯了。而且,只是毛毛雨。"

"那也不行,要听我的话!"阿胤的语气更加严厉了。

"是,我知道了。"

芳雄一声不吭，阿胤细心地给芳雄擦脸。

"如果没伞，我给你些雨具，等一会儿到我屋里来。"

"不用了，我有伞。那，夫人，我还有急事。"

说着，芳雄又跑到了蒙蒙细雨中，跑着下了台阶。阿胤回过头，目光紧紧追随着他的身影。

第二天，老爷森孝从这段木台阶上跌落，脚部骨折。因为一旦高处的踏板松动脱落，下面一级，以及再下面一级的踏板也就相继腐坏了，森孝的身体滚过一层层台阶，跌落在石墙前的地面上。自上而下的高度有两层建筑那么高，身体接触的地面又很硬，森孝摔得很重，右脚骨折。他呻吟着，大声求救，浜吉发现后通知了女佣，赶紧跑去叫村医。

当时还没有电话，而且不巧的是，东贝繁的医生去冈山进修，不在家。浜吉在村民的协助下，八方寻找才终于请来了津山的医生。当医生坐着村民的马车赶到时，已经是几个小时之后了，森孝的右脚变成了绿色，肿大了好几倍，医生也吃惊不小。

森孝在石墙前咬紧牙关，满头大汗，丝毫动弹不得。家里的女人都聚拢过来，用湿毛巾给森孝擦拭额头和身体，让他凉爽一些。医生让大家按住惨叫的森孝，在骨折部位装上夹板，给他吃了药，让他躺到村民帮忙拿来的担架上，并让大家将他缓缓抬到正房的卧室里。

森孝的踝关节上部骨折，而且脚背的骨头碎成五六块，伤势很重。若是现在，大概一两个月就能治好，但当时医学尚不发达，况且森孝已年过五十，伤得又重，如果处置不当，可能会导致局部组织坏死而截肢。即使不至于此，情况也很危险，有可能一辈子拄拐杖或坐轮椅。医生说，关键取决于今后的养伤情况，他每周都会派人送药来，叮嘱下人们尽可能让森孝好好服药。

之后，将近一年时间，森孝一步也没离开过自己卧室的床铺。从吃饭到大小便，不得不全靠阿胤、阿振、阿嘉三个女人轮流照顾。一直卧床不起，就会呼吸困难，因此森孝有时也想呼吸一下外面的空气，看看花草树木，毕竟他本来就是一个风雅之人。于是，浜吉和芳雄就做了一张带把手的木板床，当夫人们传话说老爷想出去透透气时，这两个男雇工就赶紧跑到正房，慢慢将森孝从床铺移到木板床上，拎着把手将他抬到百级月牙台阶上。

森孝被抬到坡道的途中，眼神呆滞地俯瞰着花坛。半白的头发睡得散乱不堪，只有后脑的头发因为一直压着枕头，像绝壁一样平坦。头部勉强结了一个小发髻，发髻前面头发稀疏，能看见一片圆圆的光滑头皮。森孝目前无法浸泡喜爱的温泉，极尽奢华的浴池，也成了"抱着金碗挨饿"的摆设。

自从受伤后，森孝变得动作迟缓，一下子变成了老人。因为他不想和人说话，所以连年轻的阿嘉也渐渐不来了。阿胤也很少来，家里的女人，也就是阿振会常来。但他们两人又无话可说，阿振也只是在旁边照顾他而已。森孝失去了活下去的意义，非常孤独。虽然身居犬房别墅内，他却是孤立的，话也很少。"失魂落魄"这个词形容他最为合适。

医生说，森孝即使恢复得不错，以后走路也会有障碍；但不至于不能走路，只是会有点儿不太灵活罢了。医生虽然这样安慰大家，但下人们都深受打击，女佣们眼里噙着泪。说起来，毕竟自家的老爷要变成残疾人了。

每次听到这些，芳雄都心痛不已，同时也深感不可思议。自己想要走下通往花坛的木台阶时，被夫人叫住而得救了。否则，现在自己也是这种惨状。但是，当时夫人明明那么在意，难道什么都没告诉老爷吗？既然她当时那么严厉地斥责我这个下人，通向花坛的木台阶已经腐坏一事，她理应告诉自己的丈夫啊。如果是那样，老爷怎么会摔下来呢？芳雄百思不解。

3

芳雄正在浴池后面劈柴，听到有女人在叫他的名字。他停下手抬起脸，一边用围在脖子上的毛巾擦汗，一边循声望去，原来是阿胤。

"啊，夫人。"芳雄叫道。

阿胤轻快地走过来，站在他身旁说："芳雄，很有干劲嘛。"

"啊……"芳雄回应道，不知是该接着劈柴，还是等着夫人继续说什么，不知所措。谁知阿胤靠得更近了，站到了芳雄的眼前，竟然伸出右手抚摸芳雄的后脖颈。然后，将手用力抵在芳雄胸前，轻柔地抚摸他小小的乳头部位。

"夫人。"芳雄怯怯地叫道，阿胤却哈哈大笑。接着，阿胤将身体靠在芳雄胸前，眼睛朝上看着他，轻轻地上下晃动着双肩。

"芳雄，你，不想占有我吗？"

阿胤说，脸上依然保持着威严，但因为声音兴奋，有点儿不自然。

"夫人，我……"

芳雄吓坏了，呆立着一动不动。

"用那个竹水管的水去洗洗手！"

阿胤突然用略高的、有点儿沙哑的声音命令道。芳雄大受刺激，吓呆了。

"哦，夫人，我……大人……"

阿胤脸朝下，接着，触摸着芳雄和服的腰部。

"这下面的东西，这个也要拿掉，把那个洗洗，之后……"

阿胤的声音激动不已，最后竟然颤抖起来。

芳雄赶紧双膝跪地，双手撑地，低下头。

"夫人，您饶了我吧！之前您不是口口声声说过，就到此为止吗？"

但是，阿胤扭过脸不理他，伫立在那里。

"夫人,我……会被老爷杀掉的。"

说完,芳雄将额头抵在地上。

"那就快点儿,尽快解决吧。"阿胤说。

"夫人!"

芳雄将额头抵住地面,随后抬起头,又再次抵住地面,反复几次。抬起的眼眶中含着泪。

"我,是被老爷捡回来,让我在这儿干活的,他是我的救命恩人。夫人,我不想背叛老爷的恩情,如果不是被老爷捡回来,我现在不定在哪儿当乞丐呢。"

"啰嗦!芳雄,你很啰嗦,快点儿!"阿胤严厉地大声说。

"夫人,我……"

"我说你太啰嗦!还让说几遍?若说恩情,我对你没有恩吗?"

"这,您对我有恩,夫人!"

"那就报恩吧,让我快活!我一直都很照顾你的,最爱护你。那快点儿吧!难道你想让我用马鞭抽你吗?"

芳雄只好含着眼泪,慢慢站起来,走向流出潺潺水流的竹管。他洗了手,解开腰带,下面的兜裆布也解了下来。

芳雄刚洗完,阿胤就来到了芳雄背后,拉着他的手,几乎小跑似的奔向柴房。阿胤移开柴房门,用力将芳雄的身体拉到里面,再原样将移门关上,慌慌张张地放上顶门杠。然后,阿胤猛地压住芳雄的身体,将芳雄的后背紧贴板壁，胡乱地双手抓住芳雄的脸，迫不及待地吸吮他的嘴唇。芳雄什么也说不出，只能顺从。

接着，阿胤放开芳雄的嘴唇，睁开眼睛，伸出舌头，喘息急促地舔着芳雄的嘴唇、鼻子下面、下巴，不管是哪儿，不停地舔。与此同时，她开始断断续续地哭泣。她抽泣着，用力扯开芳雄的和服前襟，将两边压下去，露出他的肩膀。接着，阿胤呼呼地喘着气，舌头从芳雄的下巴移到脖子，舔着他胸脯的乳头。然后，她蹲下来，用舌头往下舔着芳雄的肚子、小肚子，最后是芳雄的要害部位。

因为阿胤一直拉扯着芳雄和服的腋下，芳雄的后背不断往下滑，屁股贴在了地板上。这时阿胤也片刻没有放开芳雄。芳雄时而感到疼痛，禁不住发出痛苦的叫声。

于是，满脸是泪的阿胤抬头看着芳雄的脸，不禁扑哧笑了出来。接着她又继续动用舌头，痴迷到似乎忘记了呼吸，像动物一样剧烈喘息着。

"啊，可爱，可爱，这个好可爱！它是我的，是我一个人的……"

因为她依然没有移开嘴巴，她的声音像咒语般断断续续。她的嘴角泛着白沫，手也偶尔抽搐着。往上看的眼神，完全就是个疯女一般。

阿胤移开嘴唇，扯开芳雄和服前襟，骑在芳雄身上，又吸吮着芳雄的嘴唇。接着，粗暴地将芳雄压倒在地，将舌头伸进芳雄嘴里。

"夫人、夫人……"

芳雄叫着，快要哭出来了。他希望想个办法让阿胤饶了他，却不能起身。阿胤体内的温热液体滑滑而下，芳雄无处可逃。

"啊，啊！"

虽是阿胤一意孤行，她却突然大声呼喊起来，随后，一边哭泣一边激烈地扭动腰部。接着，像哀鸣一样说：

"啊！我就想要这个，就是它！我一直都在想着它！啊！因此，我的脑子已经不正常了。我一心想啊想啊，啊，我实在不能忍受了，啊，不行了！"

之后，阿胤再也没出声，像动物一样哀鸣、呻吟着，一刻不停地拼命扭动着腰部。最后，阿胤双腿颤抖，动作结束。芳雄也慌忙结束。

芳雄一动不动，身上压着一个虚脱的女人。女人肌肤发烫，浑身是汗，还不时地颤抖着。芳雄感受着这些，却侧耳倾听着远方森林的鸟鸣声。但是，时间越长，芳雄内心越发不安。可是，他却不能推开这个身份高贵的女人，只好在如死去般的女人耳边问道：

"夫人，美代子小姐呢……"

"她在私塾。"阿胤马上回答。

"夫人，要有人来了……"

芳雄说完，阿胤在他身上慢慢抬起上半身，发出咯咯的笑声。她那一副不以为然的样子，让芳雄毛骨悚然。

"到底谁会来呢？再也没人来了。"

听到"再也"，芳雄的后背越发冰凉，这正是他的疑惑之源。

"阿振是绝对不会来的。丈夫一步也离不开正房的床铺。你什么都不用怕了，现在已经不是老爷的时代了。你一点儿都不用害怕，老爷只是一个老人罢了。"

随后，阿胤起身，手却依旧没有放开芳雄，窃笑着。

"一个动弹不得、毫无力气的老人！他的脚肿非但没有好转，反而越发严重了。因此，这是属于我的，是我一个人的！明白吗？芳雄，你绝对不能进入其他女人的身体，明白吗？"阿胤反复叮嘱。

"夫人，我要进入谁的身体呢？哪里有那种女人啊！"

芳雄说完，阿胤盯着芳雄说："真的吗？芳雄，这是真的吗？"

"真的呀，夫人。"芳雄语气强烈地说。这完全是事实，在这远离人烟的大宅子帮工，到底能认识哪里的女人呢？

"真的吗？你真的属于我吗？"

"夫人！"

"你好好回答，你真的只属于我一个人吗？"

"是的，夫人。当然。"芳雄点头说。

"既然如此，那这个只属于我吗？"阿胤依然不松手。

"是的，夫人。"

"只属于我一个人吗？"阿胤又问。

"是这样。"

"如果你背叛我，我就杀了你，明白吗？芳雄！"

"啊？"

"如果你背叛我，进入别的女人的脏身体内，我会杀了你，明白吗？芳雄，明白吗？快回答！"阿胤质问道，声音恐怖。

"是的，夫人，我明白。我不会背叛夫人的。"

"我要刺青。"阿胤说。

"啊？什么？"

"我要在这上面刺青。为了证明这归我所有，刺上我的名字'胤'，就刺在这旁边，怎么样？"

"夫人，这个，您还是饶了我吧。"芳雄说。

"哎呀，芳雄，为什么呢？你讨厌被刻上名字，是要给谁看吗？"

"没，没有的事。根本不会！"

"那么，刺青有什么不好呢？没关系吧。"

芳雄无言地思索着，说道："好吧，夫人，随您的便吧！"

"那，我就这么办了。"

阿胤微笑了一下，挪动身体，又恣意把玩起来，说道："芳雄真年轻啊，又有元气了，我最喜欢你这一点。"

芳雄一动不动，恨不得要哭出来了，这并非因为欲望，而是因为恐怖。虽然知道自己又恢复了元气，但那是因为强烈的恐惧，而并非快感。

"你想听吗？老爷怎么会遭到那样的意外？"说着，阿胤盯着芳雄。芳雄一言不发，他本能意识到这时说什么会很危险。阿胤接着说：

"就是那样，如你所想，是我先把台阶弄坏的。木台阶本来就腐坏了，我把它弄得更容易脱落了。"

"夫人！"芳雄大为震惊，身体颤抖，不知如何是好。

"没想到他会伤得那么重。芳雄，既然你已经知道，你就是共犯了，若是被处死，你我就会被斩成四段吧。只要和你一起，我就一点儿也不怕。你不这样想吗？"

因为强烈的恐惧，芳雄几乎要昏厥。他感觉自己好像被魔鬼缠住了，马上要被拖向地狱。

"怎么样？芳雄。"阿胤再次严厉质问。

"是，是的，如果和夫人一起，我也一点儿不怕。"芳雄拼命掩饰着颤抖说道。

"那我就告诉你。喂，芳雄，我们现在是一体的，对吧？"

"是……"

"那件事是我做的，理由就是这个。因为我想不被任何人打扰地占有你，我想占有你。我为你赌上性命，只要和你在一起，死也不怕。你不这样想吗？"

"我也和您一样，夫人。"

芳雄说完，阿胤紧紧抱住他的身体。芳雄想放声大哭，但是，他忍住了。

"啊，我喜欢你呀。你的身体，你的气味，你的这个。我已经疯了，我为你疯狂，我要跟你一起下地狱。"

说完，阿胤再次将身体挪到上方，压在芳雄身上。停顿片刻，随之因一时的快感，颤抖着身体。接着，阿胤又抱住芳雄。

"你是不是觉得我是个恶妻，芳雄？"

芳雄没有回答，阿胤气喘吁吁地继续说：

"我不这样认为，我这样做，一点儿也不觉得自己坏。因为老爷不能让我快乐，那怎么行？作为老爷，作为一家之主，那是他应尽的义务，你说是吗，芳雄？"

"是……"

"老爷他疏忽了自己的义务，因此我这么做是理所当然的，我根本没有罪。"

接着，阿胤又开始扭动身体，说话声被喘息淹没了。

"老爷他……找了那么多强势的女人，他说那种女人有意思……所以……这都是他自作自受，我一点儿也不卑鄙……"

随后，她不再说话，只有喘息声和哭声。又快活了一会儿后，阿胤还没结束，冷静地说：

"芳雄，你年轻，身体好，练剑吧！一定变得更厉害！我给你找一把剑来，老爷那里有一把不用的。老爷已经是个老人了，还行动不便。这个宅院里，只有老爷算个男人，浜吉根本不算数。那个老爷也成了那副样子。如果你练剑，老爷根本不是你的对手。他本来就剑术不精，你变得比老爷强，是轻而易举之事。而且，你要保护我，知道吗？你是要保护我的。这是我的命令。你不仅要继续让我快活，还要保护我，这是我赋予你的使命，明白吗？怎么样？快回答！"

因为阿胤扭动着腰部，说话不连贯，却一直在质问芳雄。芳雄也呼吸急促起来，迷迷糊糊地点头。

"说话回答我！芳雄！"因为兴致持续高昂，阿胤命令的声音颤抖起来，像哀鸣一样高声喊着。

"我，明白了，夫人，我听您的。"

阿胤听完，颤抖着身体，达到高潮，芳雄慌忙移开身体。突然，阿胤打了他的脸，接着又不断捶他的胸。

"你干什么？我正享受时，你不可以移开。"

"是，可是……"

"听明白了吗？以后你要完全听从我的命令。对不对，芳雄？快回答！"

"是的，我明白了，夫人。"芳雄答道。

"如果我要求，你就立刻移开。这个是谁的？"阿胤又用力握了一下。

"是夫人您的。"

"好，乖孩子。"

然后，阿胤将嘴唇贴在芳雄的嘴唇上，用力吸着。

4

自那之后，过了大概一年时间，森孝的脚还是没有好转，右脚脖子肿得越发严重，变得比小腿还粗。原本变成绿色的肌肤变成了紫色，最后成了黑色。哪里能走得了路啊！森孝老爷日夜因剧痛而烦闷不堪。

不可思议的是，自从骨折以后，森孝的身体状况变差了。还不能单纯说是体力衰退，终日气喘、眩晕，还一直发烧。一到半夜，热度更高，还说腹部剧痛。眼睛也花了，不能读小字的信件，身体关节疼痛。尤其是左肩和肘关节麻痹，很难动弹。一天当中，森孝好几次会丧失意识，还说梦话。有时还把吃下去的食物和药物吐出来。森孝真像是得了重病，但病因是什么，到底是什么病，连医生也不知道。

结果，森孝的脚从小腿往下完全变黑，脚尖开始腐臭。局部组织已经坏死的事实再也无法隐瞒，医生也束手无策，最后只好决定截肢。于是，从新见、冈山请来了医生、木匠，还召集了很多强壮的男人。

当时还没有麻醉药，大家并未告知森孝要截肢，男人们突然闯进卧室，用力压住森孝，绑住他的腿，让他将毛巾咬在嘴里，有经验的木匠就用锯子将他膝盖以下锯掉。森孝的惨叫声，在杉树林中回荡。

医生们迅速给伤口止血、消毒，留下一个粗糙的义肢和堆积如山的防止化脓的药物，就回去了。森孝虽然保住了性命，但之后一直没能恢复元气，也似乎从没用过义肢。

就在这期间，森孝最疼爱的阿嘉可能因为担心过度而生病，为了调养身体，回了娘家。可是，她竟然就这样长期留在了娘家，渐渐与关家断绝了关系。这是因为阿嘉的娘家人已经看透关家荣光不在。但是，如今的森孝对此也已无能为力。况且阿嘉也不是原配，没有改变事态之策。而且，就算把阿嘉叫回来，森孝是卧病在床之身，也无法对阿嘉特别关照了。

如此这般，森孝不仅失去了右脚，还失去了原配以外的所有女人。因此，他的气力进一步消退，成了重病人。他已经无法从枕头上抬起头来，与活死人无异。

因为关家就像没了主人一样，阿振在大宅子里的势力越来越大。之所以如此，是因为阿振对于阿胤的秘密了如指掌，她知道阿胤一直与下人在浴池后面幽会。因此，她似乎是袒护阿胤，总是费尽心思为阿胤在老爷面前打掩护。同在一个宅院内，阿胤的不伦关系能长期维持，不被森孝察觉，完全归功于阿振的安排。

除此之外，阿振为了方便两人偷情，还命人将多余的被子搬到柴房，给小屋上了锁，把门加固。这样一来，阿振对阿胤就有了足够的恩情，抓住了阿胤的弱点，她就能在犬房呼风唤雨、左右逢源。事实上，阿振成了犬房的最高权威。

四月，残雪消融，贝繁村晚开的樱花也绽放了。关家正房后面唯一的一棵小樱花树，此时也开满了柔弱的白花。温暖的深夜，是令人心情激荡的春宵。

这一天，阿胤又享受了幽会的肉体之欢，与芳雄一起走出私会的小屋。她现在已经不像先前那般紧张，心情放松，态度大胆。只要阿振站在自己这一边，在这个家里，她什么也不怕。在浴池后面的小路上，阿胤大笑着勾住芳雄的脖子，拉过来亲吻他。

"啊，夫人！"芳雄站定，吃惊地说。直至现在，芳雄脑中的罪恶感依然没有消失。阿胤看着他，哈哈大笑。

"你是什么表情啊，芳雄？"阿胤提高声调问道，"你在怕什么呢，芳雄？"

"夫人，不能这样，这时候你应该快点儿到老爷那里去……"

但是，阿胤却十足地放心。

"不用害怕，芳雄。原来老爷有很多手下时，才令人害怕，现在已经没有任何人会加害我们了。老爷只剩下孤单一个人了，毫无力气。而且，他还没了右脚，一步也离不开卧室的床铺。啊……"说完，阿胤举起双手，用力伸直。

"虽然没有右脚，但义肢……"

芳雄刚开口，阿胤就打断他，说道：

"多么舒服的夜晚！村里到处樱花盛开，风中弥漫着花香。你看，今天还是满月呢！空气清新，令人心情振奋。据说，树木发芽时节，会令人心狂乱，我不这么想。只要心情真的愉悦，就舒爽无比。现在真想去苇川边的樱花林散步啊！对了，芳雄，我们俩现在就去下面散步吧，赏夜樱去，对呀，就这样。"

芳雄惊呆了。

"夫人，您在说什么？被人发现了怎么办？"

"没关系，太阳落山了，看不清脸的。"

"夫人，这附近都是熟人。"

"芳雄，先去洗澡，然后散步。再也没人来打扰咱们了，我们才是被人世眷顾之人，趁年轻，尽情享受吧。"

说完，阿胤走到汲水竹管旁，大胆地脱下和服，连贴身衬衣衬裙也脱了，挂在旁边的树枝上，用流水沾湿毛巾，擦拭满是汗水的身体。她也让芳雄脱下和服，让他面向前方，仔细地为他擦拭身体，尤其是那个带给她快感的东西，擦得最仔细。

"夫人，我，再也受不了这种事情了。"裸着身体的芳雄小声说。

"这种不好的事，真的……怎么说呢？不检点。"

"又来了。你到底要说多少次泄气话，才肯罢休？"

阿胤非常厌烦地说。

"那么，你到底想要怎样？"阿胤问，声音里带着笑。

"我们从这儿逃走吧，然后……"

"然后？然后怎样？芳雄，去哪儿？"阿胤用嘲弄的眼神看着芳雄。

"逃得远远的，这儿的人看不到的，比如最北边。"

"然后怎么办？怎么生活？"

"干活，我去干活。"

阿胤哈哈大笑，接着说："你的收入，能有几个钱？"

被触到了痛处，芳雄沉默了。

"你呀，想得太简单了，真让我吃惊。一点儿头脑没有，你要再聪明些。不谙世事也要有个限度呀，照你这样，怎么过日子呢？你要再用点儿功，用功。难道你想让我住在破旧的大杂院里，让我做副业养家吗？我可办不到，我讨厌贫穷！"

"我一点儿也没这么想。但是，夫人，我们犯了罪，所以……"

"谁犯罪了？如果说罪，老爷也同罪，不是吗？"

芳雄再次沉默。

"你动动脑子，芳雄，我们没什么好怕的，老爷不能走，也没力气，除他之外，哪里还有可怕的人？"

阿胤用教导的目光看着芳雄。

"我们再这样坚持下去，总有一天老爷会死的。这一天马上就到了，我知道。到了那一天，我就是幸福的原配，这个家就是我的了。到时候，我谁也不怕了，我们不就可以在这里生活了吗？"

听完，芳雄惊呆了，这是他从未想过的。霸占了人妻，还要夺取这个家，这完全是芳雄想不到的。

"你好好听着，芳雄，做人一定要更机灵，更厉害。能幸存于世的，都是聪明人。老爷就不够聪明。"

芳雄大吃一惊。因为阿胤说的这些是作为女人，作为妻子，绝对不能说的话。

"所以，老爷才会变成那副样子。我们绝对不能变成他那样！"

芳雄一声不吭地思考着。随后说："可是夫人，我跟您不同，我只是个下人，即使老爷不在了，我也不能在此毫无顾忌地生活，关家的亲戚们不会善罢甘休的。"

"我都会安排好的。"阿胤断然地说。

"事情不会顺利的。"芳雄摇着头说。

"会顺利的。为什么不相信我？而且，万一有什么麻烦，到时候把这里卖掉就行了。老爷去世后，我们就可以这样办，到了那一天，我们就可以远走高飞了。知道吗？芳雄，在这个世上，不先下手，则一事无成，你懂吗？好好记住，芳雄，这就是处世的智慧。"

"老爷又不会那么快就死。"芳雄说。

"很快会死的，看他那样子。毕竟我是他的妻子，我很清楚。我一直都在看着呢,他就是个空壳,撑不了多久的,他现在都抬不起头来。"

"是吗……还有阿振……她会威胁我们的。"

"到时她也死了。"

"如果她没死呢?"

"就给她点儿好处。"

"她不是给点儿好处就能听话的女人。"

对于阿振的狡猾,芳雄也深有体会。

"到时候,到时候我会好好想办法的。"

说着,阿胤穿上红色衬裙,披上衬衣,将和服腰带围在腰上系紧,芳雄也缠好了兜裆布。这时,从浴池背后突然出现一个奇怪的黑影,虽然看起来像人影,却形状怪异。

那黑影像是拄着拐杖一样的东西,慢慢向这边靠近,头部异常庞大。先发现黑影的是芳雄。

"啊!"裸着身子的芳雄大叫一声,吓呆了。

"喔!"人影吼叫一声,那声音好奇怪。芳雄吓得几乎要哭出来了。

那步步靠近的、被月光照耀的影子,是头盔和铠甲。那漆黑的甲胄,慢慢地大踏步逼近二人。

头盔抬起头,月光照耀下,那是一张因愤怒而扭曲变形、如鬼一般的脸,那是森孝的脸。

"阿胤!"浑身甲胄的森孝喊叫着。

"芳雄,你怎么这种打扮?"

"对不起!"

身上只有一块兜裆布的芳雄,双膝跪地,在潮湿的地上磕头。

"啊,你,能走路?"

阿胤不禁叫喊着,接着,马上又笑起来。

"又怎么啦?你,这副样子!"

"淫妇!我一直奇怪呢,因为你睡觉时总喊'芳雄、芳雄',还会舔我。你是不是觉得已经让我一辈子走不动了?可我只是假装不能走,一直在偷偷练习呢。我这都是为了向你复仇,只有这一个目的。"

"你,欺骗了我!"阿胤怒吼着。

"笨蛋!我才应该这样说!"

赤身裸体的芳雄站了起来,向后一转,飞快地逃跑了。

"不许逃!芳雄!"阿胤高声喊叫。

"老爷他是动不了的,他中毒了!"

听了这句话,主仆二人都僵住了,黑暗中,他们扭头看着阿胤。

"所以,你不会输的!像他这种连自己都照顾不了的男人,你与他对决吧!你绝对不会输的!刀在这里面!"

说完,阿胤冲进柴房,拿着刀走出来,猛地将刀鞘扔在地上。但是,站在她眼前的只有森孝,芳雄已不见踪影。

"芳雄！回来！你去哪儿了？我被杀掉，你也不在乎吗？"

面对着黑暗，阿胤喊叫着。见此情形，森孝也已经举刀出鞘，看起来像拐杖的东西，原来是一把长刀。

阿胤哀号着，举刀刺向森孝，她知道如果等待，必会被杀。但是，她的刀砍在了头盔上，卡住不动了。

她哭喊着放开刀，赶紧逃向花坛方向。森孝拖着义肢，迟疑片刻，心想是不是该去追她，转念一想还是先追芳雄，就朝着芳雄逃走的方向跑去。卡在头盔上的刀，掉落在地上。

若是在平日，年轻的芳雄早就轻松地逃掉了。但是，当他穿过浴池后面，打算逃往后山时，不幸被树桩绊倒了。因为他光着脚，脚趾骨折，跌倒处的枯枝还深深划伤了他。

芳雄拼命站了起来，但剧痛让他的脚无法动弹，他意识模糊，再次摔倒。他迷迷糊糊地打着滚，大声呻吟。因此，连腿脚不便的森孝也追上了他。

走进芳雄，森孝怒吼道：

"你真是太小看人了，芳雄！你到底是怎么对待主人的？"

芳雄再次跪倒在地，道歉说："对不起，老爷！"

但是，森孝怪叫着，挥刀朝跪倒的芳雄那裸露的肩头砍去。芳雄的整个左臂从肩头被砍掉，滚落在潮湿的地面上。芳雄哭喊着，满地打滚，滚着滚着，鲜血就从肩头喷出来，他还要努力站起来。森孝瞅准时机，再次砍向他的右肩，右臂也被砍掉了。

见两只手臂滚落在地，森孝这才平静了一些。他双肩耸动，呼呼地喘着气，看着在地上打滚、浑身是血、痛苦不堪的芳雄。他犹豫着，是否该给芳雄最后一击？转念一想，让芳雄这样受罪才是对他最好的报复，于是，森孝转身朝阿胤那边跑去。

环视四周，阿胤已经不见了踪影。森孝穿过浴池边，走到石阶前张望，只见阿胤正拼命跑下百级月牙台阶，白衬衣的下摆都扯乱了。

"你这个淫妇！"

森孝大叫一声，拖着义肢，跑着追向妻子。他脱掉笨重的头盔，扯下护胸。怒气上涌的森孝忘记了自己装着义肢，也忘记了浑身的疼痛。他扔掉刀鞘，拿着血淋淋的刀，一步步砰砰地跳过有间隔的平稳台阶。

森孝凌乱不堪的和服上溅满了鲜血，裸露着义肢跑着。与他相比，穿内衣的阿胤跑得慢多了。尽管如此，她还是拼命逃到了正房边。最后，在后门的小樱花树旁，森孝抓住了她的衣领。这时，森孝的义肢飞了出去，两人咕咚一声滚倒在地。

阿胤大声哀鸣。

"混蛋阿胤！我要杀了你！"

森孝面目狰狞，像狗一样怒吼着。但似乎因为体力不支，他喘着粗气，没能马上攻击。他抓着阿胤的衣领，呼呼地喘气，接着开始咳嗽，朝地上吐了一口鲜血。

阿胤没错过这个时机，她捡起身旁的石头，一下子打到森孝头部。森孝惨叫一声，放开阿胤，趴到地上。阿胤跳起来，不断地踢打森孝腹部。但是，不管怎么体弱，森孝毕竟是个男人。他紧紧地抓住阿胤的脚，又抓住她伸出的拳头，咬紧满是鲜血的牙齿，慢慢站了起来。

然后，他抓住阿胤，抡起来转几圈，用尽浑身力气将她扔到地上。可怜他只有一只脚，自己也再次跌倒在地，长刀飞到了旁边。森孝紧紧抱住阿胤，骑到她的背上，呼呼喘着气，粗暴地解开她的衬衣腰带。

"你太小看我了！阿胤，你这个淫妇，你要杀我吗？"

森孝怒吼着，将阿胤的双手扭到后面，想用刚刚解下的腰带绑住。不过，阿胤也不甘摆布，拼命挣扎，又踢又打。森孝挥动拳头，连续猛击她的头部。可能被打昏了，阿胤老实了一会儿，森孝趁机将阿胤的双手紧紧绑在了背后。

"你、你，等等，听我说，老爷！"

一看自己已经被绑，缓过神来的阿胤拼命叫着。

"我是被骗的！被那个芳雄骗了，我被他强奸了。我无数次跟他说我不愿意，哭着求他饶了我。我逃了很多次，但他就是不放过我。错的是芳雄！不是我！"

阿胤扯着喉咙，哭诉着。

"你，冷静一下！我们是夫妻呀，有话好商量，你冷静点儿！你，想成为杀人犯吗？"

"别啰嗦！是谁害我摔断了脚？就因为这个，我的人生毁了，全毁了呀！"

"你，听我说，那个芳雄侵犯了我很多次。他一直说想要占有我，所以，错的不是我，是芳雄发疯了，他为我疯狂了。身份卑微的人爱上身份高贵的人，不是常有的事吗？所以，我没有错啊！"

"真丢人啊，阿胤！你就死心吧！"

说着，森孝粗暴地拖起被反绑的阿胤，让她站起来。

"我没有错！全是那、那个卑劣的男人的错。我被骗了，我没有错！"

阿胤哭喊着，拼命想要坐下，森孝对她拳打脚踢，硬把她拉起来。

"站起来，阿胤！你要死得干脆！才像个武士之妻。"

森孝抓着阿胤的衣领，拖住她。这时，他又被病痛折磨，弯曲身体，咳出一口血。

"你已经不是什么武士了！"

见他这番模样，阿胤又有了力气，叫喊着。

"什么？不许无礼！"

调整一下气息，森孝说道。

"是毒药……阿胤，你一直在一点点地给我下毒啊，你真行，竟敢如此。说什么被强奸了，被侵犯的人怎能对丈夫下毒？"

"不是的，不是的！你搞错了，我没做那种事。我刚刚说的是谎话，是谎话，是为了刺激芳雄的。"

"什么？刺激他？"

"不是，不是的！原谅我！我被他侵犯了，那个卑鄙的男人。"

"如果这样，你为啥自己去浴池？"

"没去，没去！你听我说！我是被逼的，他侵犯了我，还不断威胁说要告诉你。因为我爱你，不想伤害你。那个芳雄，真是心狠手辣，可恨！你知道我有多恨他吗？那个恶魔竟然把我这么单纯的人，玩弄于股掌之间。我实在不知如何是好，我是不谙世事的人啊！所以，救救我吧！我爱你呀，你救救我！"

"既然如此，和我在一起时，你为何叫着芳雄的名字？"

"没叫，我没叫，你听错了吧！"

"我听见了，怎么会听错？老实交代！你这个婊子！"

"我没叫！"阿胤哭喊着。

"算了，走起来！"

森孝拖着阿胤，踏上通向花坛的台阶。他本想拖着阿胤走，但阿胤总是挣扎，一步也不走，怎么也踩不上台阶。森孝只有一只脚，身体又虚弱，他意识到自己无法拖着阿胤走台阶。

阿胤的腰带被扯掉，和服前襟敞开着，上半身完全赤裸，依然丰满的乳房在黑夜中摇晃。每当她拼命要坐下，衬裙中便露出她白皙的双腿。

"你这个发情的淫妇，一家之耻！我现在就来处决你这个淫妇！"森孝口吐鲜血，扯着喉咙嘶吼。阿胤不断地高声悲鸣，惨叫声响彻杉林。"已经不是那种时代了，你醒醒吧！"

"什么不是那种时代了，混蛋！你乃武士之妻，与人通奸，罪该斩首，你老早就知道啊！"

"救我啊，饶我一命吧。是我错了，我会报答你。今后一定洗心革面，全心全意只为你一人，为你做任何事，我发誓，我从心底发誓。所以，饶我一命吧，求求你，求求你。"

"你活着，继续和年轻男人私通？你这个大骗子！"森孝大喝道。

"再也不会那样了，老爷，我再也不会了。那种事，一点儿也不快活，和你在一起是最好的，真的，你是最好的。你看看我，我再也不做坏事了。你把我关起来也好，打我、踢我也罢，只求你饶我一命。"

"行了阿胤，你真丢人，真无耻，你要不走，我要就地处决你了。往这边，坐下，跪坐，身体前倾！"说着，森孝变短的右脚踢向阿胤的腰部。可是，阿胤根本不想坐下，不断扭动着反绑双手的身体，拼命想站起来。此时，她不仅双腿裸露，白色的臀部也暴露在夜色中，大声哭喊着。

"救命！救命！芳雄，救救我！"接着，阿胤站起来，想要逃跑。森孝用一只脚紧追不放，用力揪住她的头发，将她再次摔倒在地。

"露出本性了吧，你这母狗！"

"救命！芳雄，救命！快杀掉这个男人！他老了，还中毒了，他动弹不得了，快来，快来，我要被他杀掉了！"

阿胤吓疯了，她的私密处也裸露在外，双腿丑陋地挣扎，惨叫着，想拼命向前逃跑。"来人啊，来人啊，救命！救命！芳雄，芳雄！这人疯了，我要被杀了！这个杀人犯，芳雄！"

"芳雄来不了了，我刚刚杀了他。"森孝朝阿胤的腰不断地踢去，阿胤的身体撞到一棵小樱花树，花瓣散落。

"阿振，阿振！"这次，阿胤喊起了阿振的名字。

"阿振也来不了了，我刚杀了她。"说完，森孝抓住她的后脖颈，将她的额头一下子压到地面上，让她脸朝下。阿胤暂且弯下了腰，但她还不老实，挣扎着侧身倒下，露出下半身，拼命地踢向森孝。被一脚踢中，森孝一屁股坐到地上。一瞬间，阿胤又挣扎着想要站起来，高声惨叫着。

"来人啊，来人啊，杀人啦，杀人啦，我要被杀啦！"

"你这个淫妇！"森孝大喊一声，捡起一旁地上的大刀，握在手中。被反绑双手的阿胤想要站起来，她弯着腰，双膝并拢，露出白色的臀部。森孝手握大刀，砍向她的臀部。

"啊！"阿胤惨叫着，侧身躺倒在地，十分痛苦。臀部的肉裂开，鲜血直流。森孝从后面压向她，将刀刃抵住她的后颈。

"可怕！可怕！可怕！"阿胤挣扎着，哭喊着，"我不想死，我不想死！老爷，救救我，救救我！"

森孝全然不理睬她的求饶，用尽全力砍下去。瞬间，鲜血如喷泉般涌出，喷洒到森孝的脸上。阿胤发出临终的惨叫，之后便没了声音。森孝抽回刀，双膝跪地，再次将大刀高高抡起，一口气一刀砍断了阿胤的脖子。阿胤的头颅喷着血，滚到散落的樱花瓣上，白色的花朵被染成了红色。

森孝用尽了力气，他扔下刀，双手触地，开始咳嗽，吐血不止。他以这种姿势喘息了一阵，好久之后才站起身，刚想走路，又重重地倒在地上。他只剩下一只脚，而且已经完全动弹不得。于是，他再次倒在地上喘气，几近昏厥。一恢复气力，他再次起身。

森孝捡起刀，将刀尖触地，支撑着总算站了起来。他用刀做拐杖，单脚走向妻子的头颅处。阿胤的头已经不再喷血，他抓住阿胤的头发，举到自己脸部的高度。

他想看看阿胤的脸，就将鼻子那边冲着自己。但不知为何，他却看不清那张脸。森孝一阵茫然，不知何故，后来才明白，因为自己的脸上溅了很多血，连眼睛里也有血。他用左手擦擦眼睛，紧紧盯住阿胤的脸。

阿胤翻着白眼，黑眼球下端拼命盯着上眼皮。嘴唇半张着，滑溜溜的口水从牙齿里流出来，形成一条白线，一直流到地面上。

看着，看着，森孝的脸上渐渐浮现出微笑，一开始只是不出声地笑，慢慢地变成了哄然大笑。他流着泪，弓着身，大笑不止。樱花瓣飞舞着，飘到他鲜红的脸上。

第一章　第一具尸体

1

"那么，之后怎样了？"我迫不及待地问。

"他放火烧了主屋。"法仙寺的日照和尚边弯腰靠近火盆边说。

"啊？"大家一听，吃惊得炸了窝。

"森孝老爷一定是想，事已至此，就烧了自己的家。"

这位和尚并非我认识的上代住持，而是他的儿子。龙卧亭案件发生时，费心为亡灵祈祷的上代住持，在案件发生两年后就去世了。迄今，龙卧亭之案已经是八年前的事情了。

案件发生时，住持年事已高，身体似乎也不好。因为住持去世，他的女婿，也就是现在的住持，决心继承这间寺庙。他本来是在津山工作的工薪族，辞职后进了法仙寺。我是这样听说的，因此，我和他也是初次见面。他是个很健谈的爽快人，我完全没有拘束感。

"放火烧了……"

"嗯，活下去也毫无意义了，因为妻子的背叛，森孝老爷可能这样想吧。于是，主屋全烧了，一干二净，据说大火连续烧了三天三夜。这里离消防署也远，当时应该更远吧。"

"那些小屋怎么样了？"

"离主屋近的似乎全烧了，也幸存了一些。浴池好像也留下来了，但都没办法住人了。最重要的主屋被烧光，痕迹全无。据说从烧掉的废墟中，有人发现了阿振的尸体。只有这一具。"

"哦，这么说，阿振确实被杀了。"我说。

"应该是吧。"

"女佣们呢？"

"好像都逃走了。应该是感觉到奇怪，老早就都逃走了。"

"不过，森孝有个女儿吧？"

"听说是被一个女佣带着逃跑了，后来被送到新见市关老爷的亲戚家，在那里被抚养长大。"

"那就好。她应该平安地长大成人了吧？"

"是的。不过，有人说她不是森孝的种，而是芳雄的女儿。你知道的，乡下这种地方，闲言碎语太多，说得都不像话了。"

"毕竟是个大案啊……"

"是呀……"

"八年前的龙卧亭案之前，发生了都井睦雄① 案，

---

① 本书系列前作《龙卧亭事件：贝繁村谜团》《龙卧亭事件：隐秘的角落》中的角色。

在那之前也发生过这样的大案呢，这里。"

事实是，明治、昭和、平成，每个时代都发生过一起大案。

"是呀，这个地方从明治时代开始，就好像有什么东西在作祟似的。我和你说啊，就在咱们现在说话的地方外面的内院，有个女人的头被刀砍下来了。"

"真是的，太可怕了。"

神官①二子山一茂嘟哝着。他毕业于东京大学，本应是东京口音，有段时间没见，他居然完全被这里的方言和气息感染了。

"也并非如此。因为当时的明治时代，仍然像江户时代一样呢。尤其是这里，虽说新政府成立了，但他们也曾是萨摩长洲藩的武士呀，斩首之刑和切腹制度还保留了很长时间呢。江户时代有叫做《御定书百条》②的法典，上面规定"通奸斩首。森孝是藩主之后，他这样想也无可厚非"。

"不过，森孝老爷不是有很多小妾吗？唯独原配夫人有罪，有点儿……"加纳通子女士说。

"是呀，女同胞这样说也是必然，雪子，你怎么看？"

虽然被问到，雪子也只是稍微歪了歪头，什么也没

---

① 原文为"神主"，日本神社的神职人员。
② 《公事方御定书》下卷的别称，日本江户幕府有关审判的基本法典，共2卷。遵照第八代将军德川吉总之命编成于1742年。

说。这孩子也已经长大了，不过这种问题，对她来说还太早。

"雪子现在是小学六年级？"

"初一。"

我大吃一惊，她竟然这么大了。

"育子女士，你怎么看？"

犬坊育子笑着说："我不大清楚。不过，我想杀人是不可以的，不管这个人做了什么坏事。"

住持慢慢地点着头，说道："虽说是当时的习惯，我也觉得奇怪。"

我非常想听听立志成为法学家的里美的判断，但她还没到，说是工作无法安排，要晚到一会儿。

"不过，森孝老爷的腿，不是断了吗？"小雪说。

"啊，对呀，对呀！这就对了，他夫人有罪呀。"二子山极为赞同地说。

"是的，她不该弄断丈夫的腿，她这样是想要尽情地和别的男人私通……"住持靠近火盆说道。

"不仅如此，她还下了毒。"二子山说。

"是的，下毒怎么可以？下毒更可怕，这是真正的杀人。"

"是的，森孝的腿是因为组织坏死，才被截肢的吧？"

"是啊！"

"太过分了！"

在这里，神道的神官和佛教的住持和谐地交谈着。我非常喜欢日本人的这种随意。我在一旁看着这两个人，一点也没有违和感。

"那么，森孝老爷之后怎样了？发现他的尸体了吗？"

我问道。日照和尚抬起脸，对我瞪着眼睛说："没有呀！"

我很吃惊，一时语塞。

"没发现尸体？怎么回事？他没有自杀吗？"

"事已至此，一般人，会自杀的吧。"

和尚缓缓说道。然后，开始抚摸自己的脑袋。他大概不常剃头发，已经长成了板寸头。这种和尚头，最近在美国的年轻人中很流行，我并不觉得奇怪。

"对了，织田信长就是在本能寺大火中自杀的吧？"我说。

"和那个不一样啊。根本没发现森孝的尸体，直到现在也没发现。因此就有很多传言说，他跑进山里变成了鬼，或者变成了神仙。"

"真的吗？他到山里去了？"

"我想不是不可能。这附近的山里有很多山洞呢。"二子山说。

"不知真假，但好像有很多人相信呢。"和尚也说。

"可是，他能走到山里去吗？他吐了血，而且只有一只脚，义肢也坏了。"我问道。

"是呀,说是裂了……"

"对吧,如此,他应该寸步难移,不可能离开杀妻现场。"说完,我陷入沉思。

"嗯,是呀,那他怎么消失了呢?"住持也沉思着。

"是不是还有我们没听说的?"我问。

"是吗……"住持抬起头看着我说,"可是,除此之外,我什么也没听说过。"

"森孝老爷的故事,到此为止吗?"

"是的。不,还有人说他进入深山,变成天狗啦。"

"啊,那些应该是后来的人编的吧!"二子山说。

"如果是后来的人编的,那么森孝老爷的故事也有可能吧。"

"芳雄怎样了呢?"我问道。

"对了,也没找到,尸体。"和尚瞪大眼睛,再次强调。

"真的?"我再次震惊了。

"啊,没找到,现在也没找到,到底怎么回事?"

"可是,怎么可能?芳雄应该更加寸步难行啊。"

"是呀。"

"那是怎么消失的呢?"

"嗯,没准是天狗藏起来了。"

"天狗?"

"嗯,这里经常会发生这种不可思议的事情。"

"人会消失?"

"是的，说是圣地。"

"嗯，就是结界吧，这位神官应该更清楚。据说因为上面的大岐岛神社的人每年都会绕山参拜，因此这座山上具有神圣的力量，这种不可思议的力量在起作用。因此，经常发生神秘之事。"

"真的吗，二子山先生？"

"嗯，这是老早就有的想法。用现代的话说，就是通灵。"二子山说。

"通灵？"

"是的。例如，德川幕府有位叫做天海的僧正①，他为了保卫德川家族，做了很多事。简单说就是，将祈愿所排列在贯通南北的一条直线上。他做了这样的事。"

"这样做，会怎样？"

"天海所创立的东照宫宗教，就是一种巫术，过去也曾是兵器。据说天海曾经利用降伏术来念咒杀人。他利用这种力量埋下了守护江户城的机关。"二子山如此说明。

"啊。"

"因此，只要天海膜拜诅咒，在那条线上的人就会一下子飞上天。"和尚说。

"真的？"

"这个，我也不清楚。不过这里……"

---

① 僧正，日本僧官之一，僧纲的最高级别。

"这片土地已经被诅咒了,因此,我觉得这种神力的守护是必要的。我们也需要。"育子说。

"这个地方,从很久以前就有很多奇怪的人和事。"

"命案,很多呢。"通子也说。

"是呀,尸体还被移动了,很多怪事。"和尚说。

"真的吗?"我问。

"真的呀,不是跟你说,森孝老爷和芳雄的尸体都消失了吗?"

"芳雄的手臂呢?"

"手臂是有的,两个都在,掉在地面上。"

"就是说,他留下两只手臂就飞走了?如此的话,难道是大岐岛神社的人所为?"

"嗯,不过,现在那里也有怪事发生呢。"

"什么怪事?"

"人会消失不见呀。不过,详细情况,我现在不好说。"

"啊?就是被诅咒了吗……不过,不管怎样,森孝老爷也好,这个芳雄也罢,无论如何也活不下来呀,他的手臂都被砍断了。"我说。

"活不下来吧,因此,法仙寺的人就只埋了他的手臂,造了个坟墓。"和尚说道。

"那是谁藏起来的呢?"一直沉默着倾听的坂出小次郎开口了。

"为什么要藏起来呢?"

"这个嘛，可以从多方面考虑。一旦尸体被发现，大家就会议论纷纷，而且，当时还是没有像样的警察的时代呢。过去，武士都是警官。所以，武士没有了，就没有警察了。一旦芳雄的尸体被发现，就有可能被憎恨他的人毁坏。"

"是呀，因为他毕竟跟藩主老爷的妻子私通呀……"

"或者，如果是新政府的人知道，也许会毁坏森孝的尸体。因此就来把尸体藏起来了，是为他们二人着想吧。"

"可是，藏哪里了呢？"二子山问。

"应该埋了吧。"坂出这么一说，住持和神官也点头同意。

虽然很久不见，但是坂出和以前没什么变化。老人虽然个头小，但依然给人精明强干的印象，腰杆笔直地坐在那里。大家都有点儿老了，坂出也不例外，稀疏的头发已经全白，而且他应该已有八十多岁。不过，他依然精神矍铄，语气沉稳。

"可是，是谁埋的呢？阿振已经死了，是女佣们？"

和尚说完，看了看育子和通子。两人先四目相视，之后就像约定好了一样，慢慢摇摇头。

"我觉得不可能。"通子说，"发生那么大的命案，全村出动，混乱不堪，女人回到现场搬走尸体，再挖洞埋起来，不可能做到。"

"嗯，是的，没错。"和尚说。

"不过,即使是男人,也一样做不到。"二子山说。

"嗯,是的。"

"命案发生后,派出所警察和村民都赶到现场了吧?"我问。

"哦,不知那时是否有所谓的派出所……不过,听说村民都马上赶到现场了。失火时,离天亮还早呢。火势很大,发出噼里啪啦的声音。据说附近的人全都来了,人山人海的。"

"离天亮还早呢……"我沉思道。

"是的。"住持说。

"那时,森孝的尸体就不见了?"

"是的,森孝和芳雄的尸体都不见了,只有阿振和阿胤的尸体。这么说,两人当时可能已经跑到什么地方去了?"

"跑?哪里呀?"坂出问。

"噢,可能是新见的本邸?"

"可是,那里不是已经卖给别人了吗?"二子山说。

"而且,森孝只剩一只脚,还吐着血。他根本没法走呀。"

"是呀,不过,据说森孝的幽灵出现了,就站在本邸的窗边。"和尚说。

"是呀,如果变成了幽灵,是可以去的。"坂出说。

"即使如此,尸体会留下的呀。我呢,不相信什么天狗呀幽灵的。尸体不见了,就是人藏起来了呗。"

"怎么藏的呢?"神官和住持异口同声地问。

"嗯,不管怎样,要埋两个人的尸体,没有那么多时间呀。"我说。

"是没有啊。"和尚说。

"浜吉呢?那之后怎样了?"坂出说。

"森孝家还有一个男人吧,是叫浜吉的樵夫吧。"

"是浜吉,不过,他也行踪不明。据说他年纪大了,有点儿傻乎乎的,后来流落到了冈山或广岛的大城市,已经死了。若是小城镇,应该会有他的消息的。毕竟这是个大案,这附近尽人皆知。大城市的话,就不知道他的消息了。"

"可是,如果森孝和芳雄两人都死了,那就是浜吉把他们埋了藏起来了呗。"坂出说。

"啊,是吧……"

"除了他,没别人了,其他人都是女人吧。最了解家中情形的,通常都是下人。我认为,他们比主人更了解情况。要埋尸体就需要工具吧,铲子之类的,这种东西放在哪儿,哪里的土更柔软等,下人才知道。"

"是啊,何况浜吉还是芳雄的伙伴呢。"二子山说。

"就是说,这个人将森孝和芳雄藏了起来……"

"那个……"犬坊育子插嘴道。

"什么?"和尚说。

育子小心翼翼地说:"我也不是没这样想过,埋掉并隐藏尸体的人只有浜吉了。不过,我曾听死去的双亲说过，不知是后面的小屋，还是浜吉用过的草屋，我记不清了，铲子之类的，浜吉用过的很多工具，都干干净净地放在那里呢。"

于是，大家都沉默了。

"因此，才会有人说，他们跑到山里去了。我就是这么听说的。"

"嗯……"

和尚、二子山和坂出，都将双手交叉在胸前，嗯了一声。坂出开口了：

"确实，挖洞这种事，做做看就知道了，是很吃力的。人的身体是很大的，要想避人耳目地藏起来，必须挖得深一些。埋尸体的人，因为不知道以后事情如何发展，心想有可能从新见或冈山那边会有警察来彻底调查，于是他很害怕，就想让事情变得更复杂。可是，地面很硬，被雨露压得很紧实，铁铲都很难挖下去。因此十分费时，要花很长时间，若是不熟练，要花半天工夫。花坛的泥土松软，但一看便知。那他挖了哪里埋进去呢？如果是周围的山里或树木间，草木茂盛，若是想埋在那里，也会马上被发现，毕竟是埋了人的痕迹，更何况是两个人。"

"是呀，根本没有时间呀，因为村民都跑来了。而且，真的要埋，也应该把手臂一起埋了才对。"

我这么一说，大家都点头同意。

"而且，据我父母说，浜吉这个人，应该不会像刚刚坂出先生说的那样，有那些想法。"

"就是说，他有点儿迟钝？"

"是的，是这样。"

"哦。"大家都点点头。

"当时搜山了吗？"坂出问。

"我听说搜了。"育子答道。

"啊，果然如此。"

"听说村民全体出动，在山里搜寻了好几天。"

"但是，什么也没发现？"

"是的。"

坂出沉思良久，接着说："可是，这也太奇怪了，相反，若是这样……"

"哪里奇怪？"和尚问。

"搜山了，却没发现什么。没发现，就是什么都没有啊。篝火的痕迹、血迹、类似两个人的脚印什么的，这种东西都没有啊。"

"是的。"

"村民中有猎人或樵夫吧？"

"我听说有。"

"哦。"

"什么奇怪呀？"二子山问。

"猎人呀樵夫啊，他们是一直在山里走的，应该了解很多情况。深山这种地方，看似什么都没有，实际上是有路的。他们知道哪些东西可以吃，野兽和人分别走哪条路。从脚印就可以知道是什么动物，从人的鞋印就知道体重是多少，从篝火中残留的东西就可以判断一个人的职业、年龄、性别，这些事情，猎人和樵夫一看便知。"

"啊，是吗？"

"连走路的速度都可能知道。因此，若是战争期间在山里行军，一定要雇猎人做向导。不是猎人，根本不了解山里的情况。这种信息量的差别，往往就能决定胜败。有猎人和樵夫一起搜山，却没能发现受重伤的人的踪迹，这怎么可能？森孝自不必说，芳雄也被砍断了手臂。大家竟然没发现他们的行踪，根本无法相信。这是最容易发现的情况呀。他们根本走不远，因为他们走不动，还因失血过多濒临死亡。"

"嗯，既然如此，到底是怎么回事呢？"和尚问。

"可能在某处有个可以藏身的洞，他们躲进洞里，死在那里了。"坂出说。

"洞？在这房子里？龙卧亭里吗？当时应该还不叫龙卧亭吧，在这房子里？"

"是的，只能这样想了。若是这样，芳雄应基本走不动了，即使能走，顶多前进十米吧。若是浜吉帮他，另当别论。如果不帮，他自己最多只能走十米。森孝是肯定不会帮他的。假设离开芳雄被砍的现场十米的地方有个洞，只能这样想了。有吗，育子女士？在这个房子里，有这种东西吗？"

"没有。"育子立刻答道。

"请等一下。"反复思考后,我说,"就是说,我们要解开两具尸体消失之谜,对吧?"

"是的。"住持说。

"藏尸的方法,还有其他的吧。比如,某个村民在任何人都没来的时候赶到了现场,立刻将尸体搬到自家藏了起来。一开始可能放在了杂货间,到了晚上就找个地方挖洞埋了。这样,附近的人就不知道了吧。"

"不,是不难被人发现的。"住持说。

"此地农民的生活,很开放的,以前更是。大家耕田种地都是互帮互助的,大家都可以随意进出别人家,因此也有男女私通的情况发生。"

大家听了都纷纷点头。

"而且,就像互相监督一样,很难有外遇啊。"二子山说。

"因此,才有男女私通呀。大家非常了解彼此的生活,连细节都清楚。"

"春天正是农忙时节,若有人做了这种怪事,我想大家都会知道的。"住持说。

"哦,这样啊!"农村社会,大概就是这个样子吧。

"而且,他们为何要做这种事呢,对身份低微的农民来说?"

"当时,对小百姓来说,犬房的老爷是高不可攀的。他们不可能对老爷做什么吧?"二子山也沉思着说。

"确实如此。那么,会不会是法仙寺的人做的呢?"我说。

"藏尸体?"住持吃惊地说。

我沉默着点头。

"寺庙的人更没有理由做这种事了吧。逝者的亡魂总归会来到我们这里吧,只要等待的话。和尚与逝者,就像亲戚一样,即使我们毫不掩饰地说起尸体,给人看尸体,但在我们眼中那就是最为自然的人类,没有藏起来的必要。"

"虽然如此,但假设为了死者的名誉,有必要隐藏某些事情的话……"

"不,我认为不会,不管发生多么大的事。现在看来,寺庙像是某种装饰一样,但在当时可是重要的地方。因为是村民最后唯一的依靠,信用最重要。一旦做了不好的事,失去了大家的信任,那是绝对不行的。权衡轻重,我认为寺里的人绝对不会对村民们隐瞒什么。"

"以前的寺庙,这位神官先生的神社也应该一样,就是村里各种活动的中心。因此,寺内一直是人来人往,络绎不绝。佛堂成了大家的聚会之地,经常有人聚集,因为那时没有电视或收音机。因此,住持也像是被大家监视着一样,根本不可能偷偷地做出隐瞒大家的事情。更何况是在春天,有很多传统节日活动呢。"

"那个,还有,石冈先生,"育子对我说道,"如果要藏的话,我认为他们应该藏阿胤夫人的尸体。因为据说阿胤夫人的遗体实在太惨了，几乎与裸体无异。因此，村民的妻子可怜她，赶紧替她整理了和服下摆什么的。我认为，赤裸着被斩首，在当时对于有身份的女性来说，是最大的耻辱。"

"嗯。"我点头同意。

"总之，真是不可思议的故事啊。这种不可思议的事，居然发生在过去的这里，这栋房子里。"我说道。

"是呀，这里有很多不可思议之事呢。"和尚说。

"那么，关家的主人死后，这里成了谁的领地呢？"我问道。

"由住在新见的关家亲戚打理了一段，但谁也没来过，可能觉得害怕吧。因此就渐渐任其荒废，最后谁也不敢靠近，就成了怨灵的栖身之所了。"

"原来如此啊。"

"实际上，据说这里流传着很多幽灵故事呢，很多呢。那是大正年代以后，村中有个姓犬坊的，他赚钱最多，就决定买下这里。不管怎样，这里毕竟曾是藩主家的领地，对于此处的人来说，那是很难得的事情。即便偶尔有幽灵，也没关系。"

"就是上一代的主人吗？"

"不，上上代，是吉藏先生吧？"坂出对着育子发问。

育子沉默着点头。

"难道这个人就是都井睦雄的攻击目标吗？"我问道。

"是的,因为吉藏先生放债,结了很多仇家,好像女人也不喜欢他。不过,因为他有钱,就把这里买下了。然后在这里也放债。于是,慢慢修缮百级月牙台阶,重建了旁边的小屋。不过,这位吉藏先生并非有趣味之人,使这里变漂亮的是他下一代的秀市先生。"

"啊,因为秀市先生是一位有趣味的人啊!"坂出也说。

"在'二战'以前,这里就已经变得很漂亮了。"

"是一位极较真的趣味人士,跟吉藏先生完全相反,对吧,育子女士?"和尚问道。

育子苦笑不语。

"是育子女士的令尊吧?"我问。

"是的是的,是那位秀市先生。他雇了古筝工匠,请他制作古筝。于是,这里不再只是'杉树之乡',还成了'古筝之乡',渐渐在此地就有了名气。如果不叫杉树,而叫作'桐树之乡'① 就更好了。到了'二战'以后,大概是昭和多少年来的?世事逐渐安稳下来,'古筝之乡'变得很有名,于是干脆就有了开旅馆的想法。"

"是昭和二十七年(1952)开始动工的。"育子说。

"咦,是我出生那年。暴露年龄啦。"通子说。

"废除了百级月牙台阶,干脆用走廊连接了旁边的

---

① 泡桐、白桐,是制作琴、古筝的主要木材。

小屋，在台阶上面造了走廊通道。"

"那么，走廊下面还有石阶吗？"

"有，将整栋建筑比作一条龙，称为卧亭。"

"是秀市先生命名的吧？"

"是的。"

"好名字啊。那浴室前面的石阶呢？"

"那个也是当年施工时加上去的，木板台阶太可怕了……"

"是的，这是当年的意外之源啊，浴室呢？"

"浴室当然用新木材重建了。不过，设计基本还是沿用当年森孝老爷的。"

"然后，昭和二十八年（1953）开业……那是何时停业的呢？"

"大概是平成二年（1990）前后。"坂出说。

"是的，家父是平成五年（1993）去世的，家父卧病在床之后，我们都忙着照顾父亲，就在平成二年关闭了旅馆。"育子说。

"本来，父亲开这间旅馆，主要是想结识古筝同好者，是凭着兴趣开的。"

"所以，就这样一直到现在。"住持向我说明道。

2

这时，一位叫櫂的女士从布帘中探出头来，说里间有电话响，育子女士起身去接电话。大家都不出声，电话铃声也轻微地传到了我们耳中。我大概能猜到电话是谁打来的,也没什么特别的事情,就没说话。

"啊,阿櫂,阿櫂!"

日照和尚叫他,向她招招手。她正要退回去,就又探出头来。和尚又叫她,她就从布帘下走到这边来。

"这里这里,阿櫂,这位是东京来的小说家石冈老师。老师,这位是阿櫂,斋藤櫂。"

于是,櫂女士在我面前屈膝坐正,恭敬地鞠躬致意,我也回了礼。她是个微胖的小个子。

"啊,初次见面,我是石冈。"

"热烈欢迎您远道而来。"

"您的名字是櫂吗?"

"是的。"

"是哪个汉字?"

"就是划船用的那个櫂①。"櫂女士说。

"啊,是那个櫂!啊,好名字啊,櫂。"

我稍微感觉到了诗意。这位櫂女士大约五十五岁,戴着黑边眼镜,头发半白,略微有点儿卷,像裙带菜一样整齐地一直垂到眉毛。虽然年纪不轻了,但圆圆的脸,感觉很可爱;笑容天真,看起来正直善良。

"对了,阿櫂,你现在做点儿什么可以吗?"和尚问。

---

① 櫂,棹的异体字,船桨之意。

"是吃的吗？我刚刚做了什锦饭，还有冷冻的青花鱼，酱菜也有很多。"

"哦，是这样。我老婆，现在去她姐姐那里了，在广岛的那位，现在我是孤家寡人，有吃的就高兴啊。"

"有呀，我等会儿端出来，您等着吧。"

然后，和尚转向我，说道：

"这个人啊，现在是来这里帮忙的。她现在也是一个人生活。"

"是吗？"

"她丈夫去世了。"和尚擅自说明起来。

櫂女士苦笑着说："我一个人也没事干，就到这里来帮忙了。"

"这儿的厨房很大呢。"我说。

"确实，感觉就像到了学校一样，有意思。"

"料理学校吗？真的呢，办一个挺好啊。之前阿松婆去世的时候，人手不够，然后……啊，好疼！啊，我的右脚尖不行了，总是血流不畅，一直发麻，都肿了，你们看看。"

日照和尚弯弯腰，稍微往火盆那边靠靠，重新盘了盘腿，皱着眉头从袈裟下面稍微露出了脚踝。他穿着白布袜，但脚踝那里肿胀得很厉害，布袜的摁扣都扣不上了。

"血管有问题了。啊，不行了，我也像森孝老爷一样了。"

"里美说她马上坐伯備线,她现在在仓敷。"育子女士从布帘后面探出头来,大声说。电话果然是里美打来的,如我所料。

"啊,是吗?"二子山说。

"啊,真是好久不见。"坂出也说。

"里美,变漂亮了吧?"和尚说。

"真的。"通子也说。

"反正,打扮得很艳丽,去大城市了嘛。"育子女士说。

"啊,育子女士。"我开口道。

"我在。"

"那个,上山评人先生还很健康吧?"

"上山先生?"

"研究近代史的乡土学家,住在苇川上游那边。"

"啊,是那位上山先生,是的,还在那里,好像很健康。"

"啊,是吗?"

之前的案件,曾经多多承蒙这位先生的关照。我想借此机会一定再见见他。

时隔八年,我之所以来到龙卧亭,是因为听里美说,与当时案件相关的人要再次聚集于此。里美也说好久没回来了,想回来看看,因她热情相邀,我才动心前来。据说,当时的大家也都想见见我。我当然知道大家这么说是客套,但我也特别想见见那些朴实木讷的人,想听听当地的方言。

据说大家比较空闲的时间是新年的一月，此时恰逢休息，目繁也正好是雪季。到此一看，雪景确实很美，而且积雪多过往年。起居室里有火盆，很温暖。但是，从阴沉的玻璃窗望去，雪片静静地不停地飘舞着。

聚集于此的成员如下。

案发时在场的人有：神官二子山一茂先生，冈山的坂出小次郎先生，加纳通子女士，她的女儿雪子。之后是龙卧亭的犬坊育子女士，大概就这些人。此案是死了很多人的大案。里美也马上到达此地。

曾经在龙卧亭工作的厨师一个都不在了，来帮忙的女服务员也不见踪影。阿松婆死了。听说她的独生子行秀，现在广岛做公务员。这所大房子只剩下遗孀育子女士一人，可能觉得她太孤单了，住在附近独自生活的櫂女士就经常过来帮忙。好像櫂女士有时会住在这里，因此，现在育子女士和櫂女士就像一起生活一样。而且，邻居们也经常聚在这里聊天。

育子女士的丈夫，也就是里美的父亲一男先生，在那次命案中去世。增夫先生，也就是一茂先生的父亲，在案发两年后，因癌症去世。因此，他现在继承了附近镇上的叫做"释内教"的神社，神官只有他自己。已婚并有了小孩，据说特别疼爱孩子，今天他没带夫人来。

我想，正值新年，神官不是很忙吗？据说他夫人是优秀的祭神从业者，传统祭神活动她大体都能一个人胜任。而且，夫人是料理名人，还上过法式料理学校。因此，他说，因为夫人做饭好吃，最近胖了。

实际上，外表变化最大的就是他。身体浑圆，连鼻梁都成圆的了。以前也觉得他鼻孔大，好久不见，发现他的鼻子几乎长成了狮子舞里面的狮子鼻。发际线也高了，变成了有点儿油腻的大叔风格。所以，一开始看到竟然没认出来。而且，因为他完全没有了东京腔，说着一口流利的方言，我就更不认识他了。八年前曾经见过他的父亲增夫先生，瘦得像仙鹤一样，这位儿子的外貌变化真是不可思议，一点儿也不像他父亲。

雪子也长高了，一开始我也没认出来。她正处于发育期，变化大是理所当然的。通子女士和育子女士根本没什么变化，依然是十足的美女。雪子也渐渐变得越发可爱。

初次见面的只有法仙寺的住持日照，他是很容易亲近的人，刚见面两个小时，就似乎变成了最亲近的人。上代住持少言寡语，日照和他个性完全不同。而且，他之前曾就职于冈山和津山的制药公司，虽然说话方式朴实木讷，但医学和药学知识丰富，博学有教养，是位非常有魅力的人物。都说在乡下宗教人士是最有知识的，果真如此。如此说来，神官二子山先生也是如此，但因为他还年轻，从通常的教养方面看，似乎佛教的日照和尚更胜一筹。

即使如此，两人虽然各自背负着神道和佛教的使命，但他们轻松地跨越了宗教、年龄和各自成长环境的差异，完全像老朋友一样和谐相处。葬礼是寺庙的专职，神社毫不干涉。不过，也有神道式葬礼，如有信众强烈要求，神社也会主持。另一方面，结婚仪式一定是神道仪式，这一点寺庙也绝不干涉。新生儿诞生的仪式也是在神社举行。而且，释内教属于出云大社派，是婚姻之神，在年轻女性中很有人气。因此，二子山说，神社应该不会倒闭的。不过，盂兰盆法会，或者扫墓等，完全是寺庙的垄断范畴。

两种宗教在四季当中都有各种祭神活动。但是，这些活动都有非常合理的时间表，两者绝不会撞到一起。因此两者可以共存。

期待已久的龙卧亭集会，进行得非常愉快，就像同窗会一样。而且，因为我在此又遭遇了奇怪的案件，使得时隔八年的贝繁之行，再次让我一生难忘。我说见到的那一不可理解的现象，根本无法想象那是现实。我只能认为那是在雪季，是暴风雪带来的幻境。

"那么，我等会儿去贝繁站接里美吧。我开四驱车来的。"二子山轻松地说。

"啊，好的，拜托了。"育子在里间说。

"积了很多雪呢，很麻烦啊。可能连巴士也停了。"

"开车，没事吧？"育子女士问。

"啊，现在还没问题，这点儿雪的话。"二子山说。

一看便知，年轻的二子山擅长驾驶，下雪的路对他也不难。据说大学时他加入了汽车拉力赛同好会，以前还说曾经想参加巴黎-达喀尔汽车拉力赛，最后因为资金问题没实现。

虽然日照似乎也有驾驶证，但他只骑自行车。因此，到了雪季，他就束手无策了，只能请信徒到寺庙来。如果住持自己要出门，最多只能走到寺庙下面的龙卧亭。因此，无论如何必须出远门的时候，他似乎就请神官二子山帮忙。这两种宗教就是这样，真是互帮互助。

"刚才您说尸体会动，是说在上面的大岐岛神社，曾经发生有人消失的案件吗？"我这么一问，和尚稍微"嗯"了一声。

"啊，大岐岛神社的事情，请您不要问我，还是问问别人吧，我不想说别人的坏话。"

"那，我到里面去帮帮忙。"

说着，櫂女士站起身，穿过布帘，进了里间的厨房。

"不过，那不是人尽皆知的事情吗？"坂出说。

"没什么可隐瞒的。"

"怎样的案件呢？"我问。

"嗯，简单说来，也是有人消失了。"和尚说。

"人？有人死了？"加纳通子女士问。

"不，没死，是活着就……不过，这个，搞不懂。到现在也没出现……"

"谁?"加纳女士问。

"祭神女子,菊川神官那里的。"

"菊川?"我问。

"那里的神职人员,叫大濑的年轻可爱的女孩儿,好像是十月十五日那天,秋日祭那天消失的。"

"消失?是失踪吗?"我问。

"不,没那么简单。真的消失了,像烟一样,一下子!"住持说完,我们都沉默了。

"像烟一样,为什么像烟?没准是和男人逃到什么地方去了吧。"加纳女士说。

"哦,是有男人,但他在村里。就是他本人说:'不见了,她不见了!刚刚还在这儿,一下子就不见了。'据说刚刚两人才见过面呢。"

"在哪里见面?"

"正殿。"

"在正殿,幽会了?"坂出说。

"哎呀,遭报应了吧?"神官二子山说。

"不过,这样的话,是不是和男人分开后,下了山,逃到什么地方了呢?不是吗?"加纳女士问。

我也表示同感,点点头。

"不,不会的。"和尚说。

"怎么不会?"

"不可能啊。因为当天是那里的秋日大祭,那个……叫什么来着?你们那个,释内教神社先生?"

"新尝祭。"

"ninamesai? ninamesai① 是什么呀？"坂出问。

"就是五谷丰登的祭祀活动，也是皇室的例行祭祀，和那个一样。"

"啊，感谢五谷丰登，这样啊。"

"只有伊势神宫叫做神尝祭，其他都叫做新尝祭。"

"因为有这个新尝祭，所以，大岐岛神社所在的山的四周，信众围满了一圈。"

"包围了？"

"是的，因为大岐岛神社在山顶上。它的周围就这样，大家围在下面的斜坡上。本来山顶上长满了杉树的。"二子山说。

"从很早开始，山顶上就有大岐岛神社，最近，神社周围的杉树都被砍了，平整后建成了停车场。因此，往上一直到停车场，建成了螺旋状爬升的车道。"和尚进行了说明。

"从这个前面，沿着龙卧亭前面的道路往上走，就是大岐岛山，那道路沿着山的四周，像旋涡一样盘旋而上。"

"像盘状蚊香一样？"

"嗯，蚊香，不，不是那样的，蚊香是平的，道路

---

① ninamesai，新尝祭的日语发音。新尝祭，日本天皇用当年新谷敬奉诸神并亲自尝食的祭祀仪式。古时于阴历十一月的卯日举行，1873 年后改为 11 月 23 日举行，是国民节日之一的"勤劳感谢日"。

是竖起来的，山路呀！"

"啊，是啊，那么，山路到哪儿？"坂出说。

"沿着山路往上，最后抵达山顶的神社和周围的停车场。"

"为什么叫大岐岛山？"我问。

"那是因为，将这座山比作玄界滩的冲岛①。这个冲岛位于玄界滩的中心，很久以前就是神界。此处地处去往朝鲜半岛的途中，正好位于大海的中央，因此被封为航海的守护神，从有遣唐使的时期开始，大家就信仰它。那是海神降临的岛屿，全岛都是宗像大社②的领地，是位于绝壁上的岛。因此，约定俗成的规则是，岛上的一草一木均不准带出，在岛山听到的话，一句也不可外传，因为它们都属于神灵之物。所以，直到现在也不准女人进入。"二子山这样说明道。

"嚯！"加纳女士发出了不满的声音。

"因此，这座大岐岛山，将其附近的土地全部看作玄界滩，那么这座山就被看作冲岛喽？"我说。

"就是这样。从幕府末期开始，这座山的山顶上就建了神社。但是，几乎没人来这个神社以及附近，神社几乎无法维持下去。到了明治时期，关家老爷家搬到此处，下面也有了农民的村落，宗像大社才派遣神职人员

---

① 冲岛，位于日本福冈县，是玄界滩的孤岛。岛上有宗像神社的冲津宫镇守，有4—9世纪的祭祀遗迹。
② 宗像大社，位于日本福冈县宗像郡的边津宫、中津宫、冲津宫三宫的总称。处于海上交通要冲，自古深受朝野上下的信仰。

过来，变成了如今的大岐岛神社。"二子山说。

"虽然如此，大岐岛神社是俗称，山虽然是大岐岛山，神社正式的名称应该是冲津宫。后来到了汽车时代，神社为了山脚下的信众，就将山顶的杉树这样砍伐了一圈，让经营者整平地面，浇筑混凝土，做成了停车场。"

"因此，这个神社和停车场的周围，还有很多大杉树呢，很高，在那周围。"住持接着说。

"那个神社就像是被杉树俯瞰着一样，被高大的杉树包围着。"

"那周围的杉树是神木呀，对那里来说，是不能砍的。"二子山说。

"那么，新尝祭怎么样了？"我问。

"啊，对呀，刚才说到新尝祭了。"日照和尚想起来，说道。

"每逢有祭祀的时候，往上通向神社的道路上停满了车。所以去年秋天新尝祭那天也一样，到处都是车。而且，车里面都有人，全是来参加祭祀的信众。"

"来参加祭祀的人，在车里？"我说。

"是的。"

"为什么？神社的停车场怎么了，不能进吗？"加纳女士说。

"停车场那时要空出来的，为了举办祭神活动。"二子山说。

"祭神？"

"啊，这个以后再说。"住持说。

"可是，人不在车里不行吗？"加纳女士问道。二子山作如下说明：

"新尝祭对于农民来说就是感谢丰收的，但是对于商人来说就是祈求商业兴隆的，而且是包括车子在内的兴隆。因此，祭神从下午五点开始，但之前的一个小时，神官会在神殿念祈祷词拜神。那么信众就必须待在停在周围的车中。"

"四点到五点的一个小时吗？"

"是的，和车子一起听祈祷词。"

"听得到吗？"

"听不到。不过，敲大鼓的声音还是听得到的。"

"咦？念祈祷词，还要一边敲鼓吗？"加纳女士说。

"不，念一阵祈祷词，咚咚敲几下，然后再念几句，再咚咚敲。"

"啊，是吗？就是说……"

住持点点头。"是的，因此，山的周围挤满了人，如果从大岐岛山下来，肯定会被看到的。"

"一定吗？"

"那是肯定啊。"

"原来如此，不过，道路不是螺旋状的吗？那么下山时也沿着山路之间螺旋状下来不就行了？"我一说，和尚直摇头。

"不，行不通的。为了方便返回上面，山路上有形成圆环状的地方，就在山顶下面。真的，就在下面。那里也停满了汽车，排成一串儿。"二子山接着说。

"而且，一到五点，大家全部下车，道路被堵到不能走，就走进山白竹林，然后直接登上山，到达上面的停车场。新尝祭就是这样进行的。因此，若是此时下山，肯定会被发现的。即使藏起来，也会被发现的。"

"哦，那么，她是何时不见的，那个祭神女子？"

"这样的话，应该一直到四点前，她都和男友在一起，因为在神社幽会嘛。到了五点，大家都登上了神社，发现她不见了。"

"是不是藏在神社的建筑里了？"我问。

"那不可能。信众中也有警察，他一听神职人员说女孩不见了，马上就搜寻过了。"

"不过，神殿之中不是有圣域吗？不能给外人看的那种。"加纳女士说。

"不，据说那些地方，菊川神官也都给大家看过了。神殿、各种箱子、米柜，甚至榻榻米都揭开来看过了。"

"地下室呢？"

"那里没有地下室。警察连地板下面、储藏室、厕所，都找过了。"

"天花板呢？"

"看过了。"

"房顶呢？"

"看了。"

"噢!"

"不愧是神社,这下真是被神怪藏起来了呢。"住持说了句不太谨慎的话。

"有没有挖洞掩埋的时间呢?"

"没有没有,根本没有这种地方,都是水泥地面。还有就是山白竹林。而且,杂物间的铲子都是干干净净的,就是沾了土,也已经干了。"住持说。

"哦,信众们后来呢?"

"大家都围在停车场周围,观看菊川先生进行祭神供奉。"

"祭神供奉,做什么呢?"我问。

"手持弓箭沿着神社周围慢慢绕场一周,然后从背后的箭筒里一支一支地拔出箭来,对着神社前竖起的很多靶子射出去。他在秋日大祭时一直做这个。"二子山说。

"哦。"

"头戴黑漆帽,穿一身白衣,头的左右各装一只角。"住持说。

"角?"

"嗯,就像鬼一样,装上闪闪发光的铁犄角。"

"这是为什么?"我问二子山。

"我的神社没有这种活动,不大清楚。因为它们不属于一派。是不是多多罗信仰一派的残留呢?"

"多多罗信仰?"

"也叫摩多罗神或者八幡神。是与打铁相关的,日本特有的对于铁的信仰。曾经在日本还有这种信仰呢,应该是在室町时代①吧。"二子山说。

"嗯,有的。"住持接着说。

"这位神在佛教经典中是没有的,但是,日光的轮王寺,应该是供奉此神的。"

"啊,那里是东照宫呀,与佛神道都是不一样的。"

"嗯,德川教。摩多罗派,不只是信仰铁,大概是信仰所有金属吧。"

"而且,似乎还与鬼扯上关系,日本人信仰可怕的东西呀,凶神之类的。"

"嗯。"

"总之,应该是象征军事吧,室町时代以后嘛。"

"啊,军事宗教。新尝祭的那个仪式就是吗?"我询问道。

"那个神社确实如此,不过,每个神社不一样,神社不同则仪式不同。"二子山说。

"那天也举行那个仪式了吗?"

"举行了。"住持说。

"祭神女子都不见了,还举行?"

"是的,她们不见了也举行了。"

---

① 日本足利氏在京都室町开设幕府的时代(1336—1573)。

"她那个男友怎样了?"加纳女士问。

"怎么样?"

"大家看到他了吗?他是四点回去的吧。"

"见到了,他回去的时候。当然信众们都看到了。"住持说。

"他们两人干什么了?"二子山问。

"干什么,在神社?"

"是呀。"

"这个,就是男人和女人的事呗。"

"在家里不行吗?"

"两人都没有家呀,只有父母家。"

"啊,是吗?这样哦。"

"然后,这位男友,名叫黑住,在祈祷词快结束时,从自家拿来了新收的谷物,那时,真理子就不在了。"

"女孩叫真理子?"

"是的,大濑真理子。"

"大家都带谷物来吗?"

"是的,新尝祭的时候,大家都把今年新收的谷物拿来,供奉给宗像神。"

"大米、蔬菜什么的?"

"是的,大家还会将大米做成米饭带来,还会带山珍来,大家一起吃。"

"就在当天?"

"是的,祭神之后。"

"哦，不可思议啊。那个祭神女子没有事情做吗，在射箭仪式的时候？"我问。

"有的有的，要拿着箭走的。不过，大家看的时候都觉得奇怪，怎么今年没有啊？之后问了才知道，祭神女子不见了。"

"黑住怎么说？没说女孩有什么异样吗？"

"据说完全没有，和往常一样，而且比往常还要开朗。"住持说。

"两人分手的时候呢？"

"说了拜拜，笑着挥手说的。黑住说，完全没有要消失的迹象。"

"那怎么会消失了呢？"二子山说。

"菊川神官是何时知道的，女孩不见的事情？"坂出问。

"好像是快念完祈祷词的时候，五点前吧。接着不是要祭神吗？他说快做准备，一找她，发现她不见了。"

"念祈祷词的时候，不需要祭神女子吗？"

"好像不需要，念祈祷词的神殿内本来不就是禁止女子进入的地方吗？"

"那里叫水圣堂。"

"神官的夫人呢？"加纳女士问。

"没有。"

"所以呀，大鼓也是他是自己敲的。"二子山说。

"那天的天气如何？"坂出问。

"下雨了。"

"下雨了吗？"

"去年十月十五日的秋日祭，淅淅沥沥一直下雨。虽然是毛毛雨，但一直下下停停。在雨中，就是从这里往上一点的路上，车子成列地停在路边。"

"如此，从车里不是看不清外面吗？"

"啊，不会呀。毛毛雨，而且时下时停的，车窗也可以打开的呀！"

"光线暗吗？"

"挺亮的，因为是十月下午四点多嘛。"

"不过，很潮湿吧？"

"很潮湿，到处都湿漉漉的。路面也有积水，而且上面还没铺水泥。"

"但是，四点到五点之间，真的没人从神社出来吗？"

"真的，只有黑住一个人。"

"不过，只是说没有女孩出来吧。进出的工人啊，信众等，也没有这种男人进出吗？如果有，她也有可能是女扮男装啊！"听坂出这样说，住持再次摇头。

"没有，完全没有。这些已经弄清楚了，不只是菊川先生，信众们也都这么说，不论男女，没有一个人出来。"

"这个肯定没有。祈祷供奉之时，神官是不见任何人的，因为要见神灵。所以，即使来人也不见，本来就不会约人来。他之前就会说好，在祭神仪式结束前，绝对不能来。"二子山进行说明。

"哦，既然如此，怎么回事呢？"坂出说。

"自那之后已经过了三个月了，女孩还没出现？"

"没有。"和尚说。

"那位神官怎么说？"坂出问。

"他说，因为女孩是 susondan[①] 的祖母，有时会消失的。因为那孩子是真正的祭神女子。你明白吗？"住持问二子山。

"susondan？啊，啊，就是那个呀，我也听说过。在朝鲜的，不，韩国的西海岸有一个叫竹幕洞的地方，那里有一个水圣堂神的神社，和冲岛的守护神是一样的。那个神是女的，冲津宫的水圣堂就是来自那里。那里的女神叫做 susondan 的祖母，可以轻松地出入水圣堂，穿过墙和房顶。"

"有这种傻事？"坂出说。

"因此，他觉得消失不见了也没什么奇怪的吧？"住持问。

"不过，刚才不是说到，那里的神官可以用灵力将人抬到天上吗？刚才是不是说到了？因此，平时都在为此部署什么的。"我这么一说，日照说道：

"不，那说的是天海。"

[①] 此处本来用日语片假名书写，应该是韩语发音。

"可是,大家听到鼓声没?四点到五点之间。"

"听到了,隔一阵就咚咚地响。"和尚回答。

"哦,真奇怪呀!"我说。

"啊,确实,就像烟一样不见了。"二子山也说。

3

大门口传来吵吵嚷嚷的声音,应该是二子山去车站接了里美,一起回来了吧。育子女士走出去,说着欢迎回来,母女俩好像交谈了几句。櫂女士也出去迎接了。

不一会儿,里美出现在起居室,手里提着个大旅行包,穿着毛皮大衣。于是,大家全都发出了感叹声。

"啊,啊,你是里美?"日照和尚头一个说,吃惊不小。

"好久不见了,和尚叔叔。"里美笑着说。

"啊,还以为是哪里的女演员呢,你变得好漂亮啊!"

"真的,都认不出你了。"坂出也说。

"你后来又长高了?"住持问。

"咦,没长高呀。"里美高声说。

"但看起来好像长高了似的,对吧?"日照征求大家的同意。

大家一起点头称是。里美的出现,使起居室一下子热闹起来。

"真的,我刚刚到车站时也想,她在哪儿呢?一下子没认出来。只看见一个像是电视上出来的演员一样的美女，我想难道是那位？"

"真的？"

"是的呀。"

"头发是茶色的，像个外国人一样。"

"哦，我就染了一下……雪子，你好吗？"

"嗯，很好。"

"好久不见，好想你呀！"

"我也是！外面不冷吗？"

"还好，因为待在车里嘛，没事儿。麻烦神官先生开车了。"

说着，里美就急着要脱掉大衣，露出了紧身超短裙和修长的双腿。

"有礼物哦，雪子。"

"咦，真的？"

"嗯，虽然不是什么贵重东西，是横滨的。通子阿姨，好久不见。"

里美屈膝坐在通子身边。

"看起来很精神，太好了！"通子说着，拿起一个坐垫递给她。

"好，谢谢您。我很好。老师，和您也好久不见了。"里美对我说。

"嗯，好久不见，辛苦了。你也好久没回来了吧？"

"是的，一年半了吧。"

"那时，我们稍微见了一面吧？"坂出说。

"在仓敷。"

"是的，以后可能还会经常见面的……"

"哦，为什么？"

里美正要回答，住持说话了。

"哦，里美，慢慢说，先休息一下。"

"住持叔叔，不行啊，刚刚在半路上，看到不得了的事情啦。"里美说。

"不得了？什么事情？"

"有人倒在了路上。好像是个男人，在雪中。刚刚看到的。"

"倒在路上？"

二子山坐着回答：

"嗯，从贝繁村东面向上往山口方向，在那儿，有人倒在那儿，被雪盖住了。去的时候我没注意，回来时才看到。"

"回来的路上？在路边？"

"嗯。"

"谁呀？"住持问。

"我不清楚，好像不是村里的人，应该是生活在山里的，以乞讨为生的吧？"

"然后怎么样了？有救吗？"

"不，应该老早就死了。身体已经冷了，我摸了摸。一半身子都埋在雪里，老早以前就断气了。"

"然后,你就啥也没管?"

"没办法呀,就我一个男人,所以,日照先生,咱们快点儿回去看看,一起去。"

"哦,不会是奈马吧?他没有家,我早就担心他呢。"住持阴沉着脸说。

"是无家可归的人吗。"我问。

"嗯嗯,那现在你一起去吧,去把他放进我的车里拿来,搬到你的寺庙去吧。我也一起给他合掌祈祷。"

"说什么拿来,又不是松茸,放得进车里?尸体?"

"能放,差不多,我的车比较大。"

"啊,是吗?那就这么办吧,不过,你也祈祷?"日照吃惊地说。

"咦,神道、佛教联合军啊!"里美说。

"看来他有福报了。"

"可是,这样真的可以吗?应该确定一下哪种方式才好吧?"住持说。

"没关系没关系,只要对逝者好就行了。"坂出说。

"反正也是个无缘佛。"二子山说。

"也不会有亲属不满的,走吧走吧,日照先生。"

"是啊,好吧。"

日照和尚费劲儿地站了起来,二子山已经站着等候了。和尚拖着脚稍微走了几步,然后回头看看我说:

"您也来吧,东京的老师。"

"咦,我吗?可以吗?"

"可以呀，谁来都可以的呀。"日照说。

"啊，是吗？因为不是杀人案啊？"

"是呀，要找人搭把手的呀。"

"搭把手？"

"就是请人帮忙的意思。"里美说。

"啊。"

"需要男劳力，按照年龄顺序，就是你啦。尸体很重，在雪地里难弄啊！"

"我也去吧。"里美说。

"不用了，你大老远回来够累了，好好休息一下。育子，育子！"住持朝里间大声说。

"我在，什么事？"育子女士从布帘间探出头来。

"请给伊势那边打个电话，就说马上要带一具尸体回寺里。"

"好的好的。"

"还有，把我的大衣和围巾拿来。"

"好的好的。"

"释内教先生——"

"我在。"二子山回答。

"不需要铲子什么的吧，你那里有吗？"

"不用不用，不需要的。"神官说。

"尸体，很硬了吧？"

"是很硬，冻住了。"

"不是这意思，能放进棺材吗？什么姿势？"

"啊,那恐怕不行,不是立正的姿势。"

"哦,知道了,那就不用棺材了。"

然后,我们坐上了二子山的厢式四驱车。我坐副驾驶位,日照和尚抱着大衣和围巾坐在后座,他后面的一排座椅已经放倒了,车内确实很宽敞,应该能放得下尸体。

室内和引擎都是暖和的,所以二子山一打开引擎,车子就开了。同时,雨刷的开关也打开了,车窗上的雪被刮下,视野一下子变清晰了。雪虽然不大,但雪花片片飞舞着。

出大门,慢慢下坡,开到了苇川边。左转过桥,左右的河流都结冰了,泛着白光,冰上覆盖着雪。再左转,车子慢慢下行。道路一片雪白,完全看不见下面的土。左右形成了白雪做成的矮墙,雪很厚。

雪已经到脚踝那么深,车子有点儿抖。还好对面没有车,看起来不危险。右手边是大片的稻田,现在完全成了雪原,广阔的雪白的平原。因为雪很厚,稻田的凹凸完全消失了。最壮观的是远处连绵的山峦,就像精密儿美丽的水墨画一般,我看得入神。

被雪覆盖的白色山峦色彩斑驳。在白色的画布上,无数高耸的树木重叠着黑色线条。那种重叠繁密则黑,稀疏则白,因此整体呈现斑驳色彩。略带黄色的夕阳照射其上,不可思议的是,雪花仍然在飞舞着。那种美丽，实在无法比拟。

"日照先生！"二子山一边开车，一边朝后面叫道。

"什么？"住持说。

"我要穿祭服吗？就放在后边呢。"

"祭服？哦，这样啊，有点儿夸张吧？"和尚说。

"我穿着袈裟，你穿着祭服，别人以为要干什么呀？"

"祭服，是什么？"我问。

"神官祭神的时候穿的，白色的袍子，白绸的。"

"哦。"

"是的，我们主持葬礼时，也穿这个。"

"和尚与神官一起，大家会想，出了什么事？"

"哦，对了，给逝者做法事没事吧？不管别人怎么说。"

"是的是的，换衣服有点儿麻烦吧。对了，你车上有罩布之类的吗？可以给逝者盖上。"

"有啊。"

汽车有时摇晃得很厉害。

"喂，可别掉到河里去啊，现在河水很冷的。"住持说。

"我也不想掉进去呀，别担心。"二子山说着，小心地握着方向盘。车子右转，往山路而去。旁边看不见河了。

我感觉非常不可思议。与和尚、神官一起的开车兜风,今生还是头一遭。何况是和他们一起去收拾一具死在路边的遗体,更觉得不真实。唉,在乡下这种事也算平常吧,毕竟人手不足,没有办法。

他们二人根本没有紧张之色,而且,两人就像最佳搭档一样,根本看不出是去找一具尸体。

"还是快点儿吧。"住持说。

"太阳快下山了呀。"

"是啊。"神官快速回答。

"天黑了就找不到逝者在哪儿了。"

汽车稍微提速了。

"不过,里美真的好漂亮啊!"住持说。

"嗯,是呀。"神官也说。

"还是东京的水更适合她吧,您怎么看,老师?"

我一直痴痴地看着雪景,没注意到他们给我来了个突然袭击。

"老师。"

"咦,叫我吗?"

"对呀,在东京,女人的化妆方法也不一样吗?"

"你是说里美吗?"

"是呀。"

"这个,我不清楚呀。而且她不在东京,是横滨。"

"差不多吧。可是,她真的像演员呢,就像电视里出来的人一样。"

"一点儿都不比她们差。"

"她以后要成为律师吗？"

"据说是。"

"在法庭上也有那种美女啊，东京。"

"这个，我不清楚。"

"快到了。"二子山说。

"释内教先生，你见过脸吗？死者的。"

"哦，看了一眼。"

"什么样子？"

"姿势？就这样，像个'大'字。"

二子山将手离开方向盘，做了抬起双手的姿势。

"啊，危险，你这家伙，小心点儿，这个车放得进去吗？"

"把你坐的那个座位倒下来，应该能放得进去，死者个头不大。"

"那我坐哪儿啊？"和尚瞪着眼说。

"让我躺在尸体边上吗？"

"座位放倒一半就行，一半。"

"哦，是吗？如果是奈马，应该体型不大。嗯，只要能运到寺庙就行了。之后，伊势先生会想办法的。"

"伊势先生是谁？您刚才打电话拜托他了吧？"我问。

"他一直帮忙收拾尸体的。他是开药店的，店面让给儿孙了，目前隐居。不过，他原来是在军队做尸体研究工作的。所以，现在他也在帮忙处理尸体。他很专业。对尸体进行清洗、擦拭、做防腐处理。若是女性，他还会给她们化妆。比如这次遗体冻僵了，放不进棺材，他还会给调整姿势。"

"军队？是日本军队吗？"我吃惊地问。

"对呀，所以，他是位老爷爷。"

"尸体研究，研究尸体的什么？"

"这个，具体我也不清楚。是不是将被打掉的手啊、脚啊，再装起来的研究呢……是不是有的士兵被炸弹炸掉了手脚什么的呀，因为战争嘛。就把这些手脚再给装上去，有时可能装的是别人的东西……"

"别人的东西？"二子山和我异口同声地说。

"把那种东西，安上去？别人的东西。"

"通常不会吧，所以才研究呀，为了能安上去。"

"有这等傻事？"

"这个，不会吧？"我也说。

二子山忽然注意到什么，重新说道：

"啊，是说要往棺材里放的时候吗？成为尸体之后？"

"不是，是活着的时候。"

"用别人的手，开枪？"

"嗯，所以才研究呀，要是可以当然好了。"日照说。

"也就是说，研究的不是尸体呀？"二子山说。

"嗯，反正是军队的秘密研究所，因此不能告诉外人，是军队的最高机密。"

"已经过了快六十年了，战争结束后，到现在也不能说吗？"

"是很久以前的事了呀。"二子山也说。

"嗯，即使如此，也不太想说吧。研究所在浜松那边，那里还有空投毒瓦斯弹的专用机场，据说还曾经研究过杀人光线。所以，是秘密呀，据说，日本也曾经进行原子弹研究。"

"原子弹？"二子山问。

"日本也造了吗？"

"没造，研究。"

"哦，那可不行啊，那样就不能说美国不好了。"

"是呀，不想说啊。"

"啊，对了，我听说，物理学家仁科博士也曾经参与这个。"我说。

"嗯，在那儿，伊势先生也曾经做过尸体研究。"

"啊？"

"所以，好像是个特别大的研究所，不过，因为是国家机密，当时在地图上都是被抹掉的，那个研究所。"

"嚯。"

"就在那儿，到了。"

"汽车缓慢地上坡，忽然一看，雪下大了，感觉现在才真正开始下起来一样。"

二子山慢慢将汽车靠向右路肩，想要停车。但突然改了主意，又开起来。

"怎么了？"住持问。

"哦，我想将车尾对着尸体比较方便，因为要放在后面，想掉个头。"

于是，二子山减速，方向盘向左，再倒车，再前进，费力地掉头。汽车很大，还在下雪，很吃力。一边下坡一边向左靠，二子山将车停在了刚刚的路肩处。

"好嘞，到了，下车吧。"

说着，二子山打开车门，我们也跟着下了车。外面一片雪白，大雪纷飞。淡淡的日照已经消失，有点昏暗，风嗖嗖地吹着。二子山将羽绒服前面的拉链拉上，一直往上拉到底。雪越下越大。

"啊，啊，好冷啊！"

住持大声说着，围上了围巾。头上没头发，可能很冷吧，他将头顶也用围巾盖住了。然后，在袈裟外披上了大衣。他吐出来的气息，在雪片中间形成一大片白雾。

大家冻得缩成一团，张嘴都费劲，冷风嗖嗖，耳朵疼得像被刀割一样。眼看着肩上和前胸都积满了雪，我也将大衣前襟扣紧，竖起衣领。

手指冻得一下子没了知觉。二子山穿着一双像登山靴的鞋子，看起来坚固帅气，吱吱地踩着雪往前走。我踩着他的脚印，跟上他。鞋子被雪埋住，鞋里很冷，脚趾尖也没了感觉。许久未曾体会到的冰雪寒气，带着近乎凶残的力量。

"就是这里。"

二子山停下脚步,指着脚下。但那里只有雪,什么也看不见。二子山戴上手套蹲下来,将脚下的雪拨开往下挖,之后,出现了黑色的鞋子。

"啊,真是尸体。有你的,地方记得真清楚。"和尚说。

"我在那里放了一块石头。"

说着,二子山换个方向,开始挖头部周围的雪。一会儿,出现了脏乎乎的半白头发。二子山接着开始挖上半身,死者穿着脏乎乎的白夹克衫。

"日照先生,您看看他的脸!"

说着,二子山将尸体的肩部和手臂往上提了一下。尸体已经完全僵硬了,像一具石像。两肘弯曲着,向左右略微打开,他就这样倒在路上。尸体像一块板一样,左侧被抬了起来。

"啊,果然是奈马,是他。哎呀哎呀,可怜的人。他怎么在这里呢?他想去哪儿啊?南无阿弥陀佛,南无阿弥陀佛。"

和尚双手合掌,开始念佛。二子山将尸体放下来,低下头,也开始念念有词。

"带着这禁忌的人世,快快飞向遥远的天国吧,就像那春天的飞燕……"

里美曾经也说过,想来这真是非常奢侈的场景。死者被不同宗教的神职人员合掌祈祷。

"对了,老师,麻烦将后座的一侧放倒一点儿,现在要把逝者抬上车。"先结束了祈祷仪式的二子山说。

于是我迅速回到车边,打开后门进去,将后排座椅的其中一个向前放倒。

我跳回到雪地上,两位神职人员正将逝者的遗体搬过来。我也赶紧过去,虽然有点儿害怕,但还是帮忙扶着腹部位置。尸体异常冰冷,感觉比冰还冷,而且很硬。右手拿着一个塑料手提袋,里面也是一堆白色塑料。那只浮肿的手因皲裂而变成了紫红色。

"这就是他的全部财产吧,奈马的?"住持沉痛地说,然后将尸体慢慢放进车内,但有一点儿放不下,导致车后门关不上。

"老师,麻烦您将副驾驶的座位往前移,一直到底。"二子山说。

我坐到副驾驶位子上,抬起脚下的扶手,将座椅位置往前调到最大限度。

"啊,好了,这样就行了,老师,可以了,好歹放进去了。"

二子山说着,将帆布质地的罩布一下子盖到尸体上,可死者那只冻伤的手还露在罩布外边。后门终于关上了。还好逝者是个小个子,要是个大块头,恐怕车子只能开着后门了。

"好了。"住持说着,坐进了死者脚边的座位,一边掸着身上厚厚的雪。我也坐进狭窄的副驾驶座位，小心地掸着身上的雪。因为空间太小，膝盖碰到了车子的杂物箱。

"我必须剃头了。现在这样对死者不敬啊！"日照和尚取下围巾，掸着雪说。

"哎呀，这样就看不见前面啦。"二子山说，将汽车调到了前进挡位。往前一看，天色已经很暗，雪下得越来越大。寒风劲吹，雪片飞舞。二子山打开雨刮器，汽车发动了。

"今晚看样子要积雪啦。"和尚看着前面说，然后，侧过脸，说了下面的话：

"奈马呀，我们来得正是时候，弄不好的话，要到明年春天才能发现你啦。"

4

神官驾驶的四驱厢式轿车再次沿着河边行驶，过桥，爬上通往龙卧亭的山路。车辆前灯在此处打开，周围已经很暗。一旦到了夜晚，这里将是漆黑一片。

"车开得很好呢。"我说。

"下雪的路还开这么好。"

"哦，我装了防滑轮胎的。"二子山说。

"不过，这车真的很大，这么大的车有必要吗？"

"经常会搭载很多信众啊。而且我还兼职导游呢，偶尔。"

车子从龙卧亭前驶过。从门柱间隐约可见，龙卧亭一楼亮着温暖的灯光。二子山将车停到法仙寺的山门前。

"我说你，怎么把车停这里呢？"和尚说。

"咦？不是这里吗？"二子山问。

"这里的话，只有石头台阶呀。我们要在大雪中，扛着尸体爬台阶吗？积雪很厚呢，天又黑。"

我用手擦拭车窗上的雾气，透过飞舞的雪花，看了看山门后面的石阶，确实都被厚厚的雪覆盖着，从远处看，似乎已经完全形成了一个陡坡。

"真的呢，就像一个斜坡了，我都想滑雪了。"二子山说。

"是吧？完全就是个滑雪跳台呀。"

"除了这里还有入口吗？进入您寺庙的入口。"二子山问。

"有呀，如果没有，就没办法搬运逝者了。往山的那边一直向上走，沿着这一片转一圈，稍微有点儿绕远，开车很快就到。步行要花将近一个小时呢。"

"啊，这样啊。我还以为这里只负责从火葬场拿来骨灰盒呢。"

"没那么简单。"

"告诉我这样的人也没关系吗？"

"哦，这条路是不能告诉不同宗教的人的，不过你除外。"

"这辆车也能进吗？"

"嗯，灵柩车也能进的呀，还好现在对向没有车，这么大的雪，车开起来有点儿吃力，不过你的车技应该没问题的。"

"这条路，通到哪里啊？"

"墓地，就在正殿后面。从这里往上，我现在告诉你道路。"

于是，二子山再次发动汽车。大型四驱车开始艰难地上坡。经过龙卧亭之后，坡度开始变大了。

"还是快点好，雪这么大，山路马上就不能开了。"二子山说。

"确实如此。"

"还要往上吗？"

"还没到。"

汽车继续爬坡而上。

"哦，很难开呀，还能回去吗？"

我也感觉到了轮胎偶尔打滑。

"可能回不去了吧。"和尚悠然地说。

"看来要暂时住在您的寺庙了。有吃的吗？"

"没有，我都吃光了，老婆又不在家。"

雨刮器左右摆动着，往前望去，一片黑暗。大雪纷飞，左右两边什么也看不见，只有不断降下的新雪被前车灯照耀着。

"还没到吗？我说，很快就要到大岐岛神社了，我

要不要去打个招呼?"听二子山这么一说,和尚说道:

"和那种人,不必打招呼。"

"啊?"

"哦,就是那里,从那里左转。"

二子山将方向盘往左打。下面好像是山白竹。汽车驶向一条小路,它被积雪覆盖着,凹凸不平,却很松软,两边是杉树林。

"哎呀,这样不行啊!"二子山慌忙说。

"不行?开不动了吗?"

"不是,现在好歹还能开。但是,肯定回不去了。这雪再下一个小时的话,道路肯定被雪埋上了。虽然有点冷,刚才还是爬石阶比较好吧?"

"不只是冷啊,那里很危险的。你明天之前必须回释内教神社吗?"

"那倒不是。"

"是因为怕老婆吗?"

"她要给我吃'飞膝踢'呀。"

"啊,'飞膝踢'?太可怕了吧?"

"是呀,我家那位真的会空手道。"

"你还真是娶了位可怕人物呢。"

"不过,她擅长做菜吧,据说连法国料理都很拿手呢。"我问。

"你要是不吃她做的菜,她还会来个'真空飞膝踢'呢。"

"你夫人真够拼的。"

"春秋大祭等祭祀活动时,她可以做法国菜给信众们品尝。"

"来你的教会,吃法国料理啊。"

"因为出云大社的关系,我在进行六本木分祀修行时,曾经请信众们帮忙了……哦,不说这个了,接下来怎么办啊?"

"没事的,都已经到这里了,走吧走吧。"和尚不负责任地说。

"你不是说你家没吃的吗?那样会饿死的吧?"

"难道要雪中遇难吗?或者幸免于难,被你老婆飞踢一脚?只要能下山到达龙卧亭就没事了,神官先生。能下到龙卧亭的,即使道路被雪埋上。"

接下来,二山子沉默不语,汽车在郁郁葱葱的杉树林间行驶着。

"这些杉树真厉害啊!"我对着左右的杉树林感叹着。

"杉树,会长这么高吗?"

"很高呀,因为这边的杉树从很久以前就几乎没被砍伐过。"日照说。

"连间伐也没做过,但也长得这么大呢!"

"间伐,是什么?"

"啊,就是间苗呀。树木长得太密的地方,如果不适当地砍掉中间的树,太阳光就进不来,杉树就长不好。"

"噢，不过，长得很好呀，这一带的树。"

"嗯，间伐呢，就是为了让树长得快些，然后砍了卖掉去赚钱。一般树龄达到三十年左右，林业员就会一棵棵将树砍倒。"

"是吗？这一带的杉树，大概长了多少年？"

"嗯，各种各样吧。这一片的杉树，既有十几年的，也有超过一百年的。"

"嚯，竟然有那么古老的？这些树看起来真棒啊。原来杉树是这样的啊，完全就像个圆柱，笔直的，完全没有枝条，而且高得吓人。"

"是呀，比电线杆高多了。"

"树枝和树叶，只在远远的高处才有。"

"是的，这一片的树，如果达不到二十米以上的高度，是没有叶子的，下面的小枝条基本都被砍掉了。"

"一直到顶上几乎就是一根圆柱啊，这种树是绝对爬不上去的吧？根本没有落脚的地方。"

"爬不上去的。杉树就是不能爬的树。连猴子都不爬的。"

"猴子？这一带，也有猴子吗？"

"有呀，很多呢。不知最近它们怎么样，这么冷的天。"

接着，汽车沿着山腰上积雪的山路绵延前行，渐渐看见了左下方的寺庙灯光，还有隐隐浮现的墓碑群。飘落的大雪阻挡了视线，墓碑看起来都像是一半埋在雪中一样。寺院的屋顶盖着厚厚的雪，勉强可见黄色窗灯的亮光。

"啊，看见了，那里。亮着灯呢。"

我说，之前来的时候也曾见过，觉得非常怀念。

"嗯。"

"谁在那儿？"

"不是说，伊势先生会来吗？"

"他能随便进去吗？"

"可以呀。"

汽车下坡，开到墓地边。然后，车的底盘"咯吱咯吱"地擦着雪，停了下来。

"不行。车子好像动不了啦。这下开不了多少路了。"二子山悲伤地说。

"这下更要被踢飞脚了，释内教先生。"

住持开心地拿别人开涮，接着将围巾围在头上，穿上大衣，全副武装起来。然后，打开车门，在黑暗的雪地中下了车。我们也跟着这样做。

"这是什么路啊，即使从龙卧亭出发，也回不来了。"我安慰着大家说。

"是呀，这雪下得真大啊，今晚会有暴风雪吧。"

二子山说，关掉引擎，透过车窗，仰望着天空。

"老师，您再来帮个忙，要把尸体搬到正殿的地下室去。"

住持说着，打开了后备厢。

这次，主要由我和二子山将尸体从车里搬出来。积雪很深，一直埋到了膝盖。尸体上依然盖着帆布罩，可能因为车里有暖气之故，现在略微感到有些臭味儿。

和尚走在雪中，他没帮忙抬尸体，先行绕到了正殿的后门。他的住处就在右手，但他连看都没看一眼。打开后面的拉门，在那里等着我们。我们进来后，他关上拉门，一边解下围巾，一边拉开相反方向的隔扇门。

于是，一间昏暗的铺着榻榻米的大厅出现在眼前。榻榻米上有好几个火盆，也零星放着几个煤油取暖炉。一位白发老人靠近一个火盆，孤零零地坐在那里。他脖子上围着围巾，空旷的此处，想必也很冷吧。

"啊，伊势先生，您打开暖炉多好啊。尸体运来了，马上搬到地下室去。"

他打招呼，对方也没回应。但和尚似乎也不在意，快步走向铺着石阶的地方，略微有点儿拖着腿。不久便看见了扶手，那里似乎有着通往地下的台阶。住持慢慢地走下台阶，走到尽头处，身影消失，然后好像打开了房间的电灯。灯光一下子照亮了台阶这边。

我和二子山抬着尸体慢慢走下台阶，进入了亮着灯的房间。一只昏黄的灯泡孤单地从天花板上垂下来，房间阴气森森。房间很大，在地板一角的墙边，放着一口白色棺木，在它前面有一张手术台大小的台面。

"放到这上面吧。"

日照指示道，于是我们便把尸体抬到了台面上。

本以为都过去了这么久，尸体应该已经解冻了才对，没想到他的姿势毫无变化，这样一来根本无法将尸体放进棺材里。

和尚脱下了外套，和围巾一起挂在墙上的挂钩上，然后蹲了下去。我有些好奇他在做什么，便走过去看了看，原来是在点煤油炉。那台煤油炉好像可以自动点火，不需要火柴。

点好炉子后，他便站起来开始一个人念经，身后的二子山也口中念念有词，站在他们俩身后的我无事可做，便来回打量着这个房间。

房间墙壁发黑，看起来灰蒙蒙的，原本应该是白墙，如今已布满污垢。地板是黑色的，应该是水泥地，地上摆着两盏用来照亮四周的灯，造型看起来颇有些年代了。

在地板边缘也就是靠墙的位置，有一块区域铺着白色瓷砖。墙上有个水龙头，上面插着足有两米长的水管。有那么一瞬间，我以为这里原来是放置浴缸的，然而我立刻意识到并非如此，很显然，这里是纳棺前用来清洗尸体的地方。

如果是在自家的榻榻米上或者医院的病床上安详离世的人，就没必要送来这种地方了，他们的亲属自会把遗体擦拭干净。但有时也会出现需要用到这种场所的遗体，这种情况并非今天才有。不，或许可以说，今天的情况还算是比较好的。这里有时甚至会处理惨遭掩埋抛尸的刑事案件死者、陈尸山野满身泥泞的死者，还有埋在池底漆黑淤泥里的溺水死者。

灯光昏暗，空气中隐约泛着尸臭味，混杂着方才就能闻见的药味，这一切都令这房间里显得阴森森的，教人不寒而栗。当我们都停下动作时，房间陷入寂静，只隐隐听见外面的风声，更显得阴森可怖起来。

我刚才就一直很想洗个手，但实在不想用那块铺着瓷砖区域里的水龙头。至今我仍不敢相信，自己这双手搬过了尸体。

"喂，伊势先生。"

和尚看向我们身后招呼道，于是我也往那个方向看过去。门口出现了一位默不作声、简直像个亡灵般的瘦小老人。老人满头的白发有些凌乱，身穿一件藏青蓝色的羽绒服。他既没有看我们一眼，脸上也无半点笑容，步履蹒跚地走到尸体前掀开了帆布罩。我下意识地移开目光不愿去看尸体，而他却毫无半点儿迟疑。

"他是奈马。倒在路边冻死了。他这个姿势还能放进棺材里吗？"住持问道。

伊势沉默着点了点头。我想，这真是个阴沉的人啊。

"麻烦您帮他调整一下姿势，然后，这个人一直都过着无家可归的生活，脸很脏，还请帮他洗洗。那边的衣柜里有几件檀家①捐赠的西装和衬衫，如果有合身的就给奈马换上吧。"

听他这么说，我才发现摆在墙角的那个物件，就是和室里通常会有的木质衣柜。上面是拉门，下面是抽屉。衣柜旁边是一个风格与之毫不相称的金属柜。上面排列着几扇纵向的长条板门。金属柜旁边有三个金属材质和塑料材质的篮子。侧边是一个黑色的大号垃圾桶。

"奈马呀，你活着的时候，应该从来都没有穿过西装吧？"和尚说道。

"这帆布罩是我的，我给它放回去吧。"二子山边说边将帆布罩拽了过来，小心折叠好，卷成一团抱在怀里。住持则从墙上取下外套和围巾，朝着出口走去，我松了一口气，打算紧随其后。这里简直让人一刻都不想多待。我回过头，看到伊势老人正缓缓解开脖子上的围巾。

"这位老爷爷挺阴沉的吧？"

我们来到走廊上，关上门，打开走廊的灯，这时和尚凑近我耳边低语道。我默然颔首。从我们见到伊势老人起，他连一句话都没有说过。

走上一级台阶后，二子山仿佛突然想起来什么似的

---

① 檀家是日本寺院所属的信徒家庭，会给予寺院经济支持，委托其做葬礼、法事，是日本寺院的主要经济来源之一。

问道：

"说起来日照先生，以前你带我参观过的博物馆现在还在吗？"

"博物馆？"和尚疑惑道。"啊，你说的是那个收藏间吧。要看吗？"

"老师想不想看？有些东西想让您看一下呢。"

"这样啊。那么老师，请往这边走吧。"

和尚打开了刚刚摆放尸体的房间隔壁的房门。伸手进去打开灯。

走进房间，我闻到了一种特有的臭味。不过这种臭味闻起来不会让人恶心，是那种古董店、博物馆里的气味。

环顾四周，我看见一个印着徽章的古旧大箱子，看起来颇有些来历。墙角堆放着好几个相对新一点的白色木箱。墙上还挂着水墨画、汉字毛笔书法匾额。可谓琳琅满目。

"这个木箱里是古董书画、挂轴字画之类的，还有一些古文书和裱好框的画作。"住持介绍道。

"不过，有一部分是会摆出来的吧？"我问道。

"嗯，有的时候会拿出一些挂在正殿或者会客室里。挂出去一段时间后会拿回这里继续收着。不过也有一部分会直接挂在这个房间。"

"这张，是画的雪景吧？"

那幅画看起来赏心悦目。

"那是天桥立①的雪景，传闻这幅画的作者是法然上人②。"

"真的吗？"

"哎呀，是不是呢，或许是骗人的吧？"

藏品中大多是书画古董，也有枪支刀具。还有一些看起来像是猎枪。

"居然还有刀剑类呢，还有枪，您这儿的收藏品还真是丰富多样。"

"哪里哪里，其实我并没有刻意去收藏这些东西，而是不知不觉中攒下了这些。"住持说道。

"咦？是这样吗？"

"是的。当一个家族即将绝后消亡的时候，最后一代子孙就会把传家宝捐赠到寺里。因为大家都是檀家的人。"

"原来是这样啊。"

"没错，有些捐赠者在生前就立了遗嘱，要求死后把东西捐赠到寺里。这附近的居民们都是如此。"

"原来如此，这些古董都价值连城吧？"

"有一部分确实很值钱。"

"这张是照片呢。"

---

① 天桥立是位于京都府北部的风景胜地，在将日本海的阿苏海与宫津湾分开、全长约三千六百米的沙洲上，约八千株松树组成的街道树连绵不断。据说由于其形状看似天上舞动的白色架桥，所以取名"天桥立"。
② 法然上人是八百年前的东瀛高僧，被当时佛教界誉为智慧第一，传说是大势至菩萨的应化身。

地板上摆着一张放在相框里、已经完全变色的照片。

"嗯，这张是孙文领导的革命战争时期的照片。"

"那照片里的地点是中国吗？"

"是的。这张是阵地内部的照片。似乎相当贵重的样子。照片里的这个人，是个为孙文发动革命提供过资金援助的日本人。不是有家叫'日活'的电影公司吗？他就是公司的创始人。名字我记不太清楚了，您还记得吗，释内教先生？"

"是叫梅屋庄吉吧。"

"啊没错，是叫梅屋，梅屋庄吉先生。"

这时，我注意到了一副盔甲。不知为何房间深处有张铁丝网，而铁丝网的另一侧就摆着那副盔甲，以坐姿的形态摆放在黑色柜子里。我的目光瞬间被它牢牢吸引住。

房间深处很昏暗，因此我刚刚并没有注意到这副盔甲。它给我一种强烈的冲击感。盔甲表面落了一层白色尘埃，有种说不上来的诡异，或者说，给人一种格格不入的感觉。

"那里有张铁丝网，里面有副盔甲。"

听到我这句话后，日照的脸色阴沉了几分。

"嗯，那副盔甲有问题。"

这个说法让我感到有些异样，于是我盯着住持的脸。

"有问题？什么问题？那盔甲有什么问题吗？"

"那个，就是森孝曾经穿过的甲胄。"

二子山在旁边说道。

"欸，就是这个吗？！"

我大吃一惊，不由得倒吸一口凉气。

"这就是我们刚刚谈到的那副盔甲？"

"是的，就是它。"

住持也说道。

"就是森孝砍断芳雄双臂、斩下阿胤头颅时穿戴的那副盔甲？"

我问道，住持重重地点了点头。

"没错，就是它，当时盔甲散落在龙卧亭的庭院里。火灾时，被赶过来的村里人捡到并拿到寺里祭奠。从上上上一代的住持开始，就供奉着这副盔甲，最初是考虑过要不要埋掉的，后来觉得还是算了，就一直将它摆在了这里。"

"没想到实物就在此处！"

我不禁有些感动。

"是的，就在这里。"

"真是难以置信，居然会存放在这里！"

"唔，也没有其他合适的地方了呢。"住持说。

"还保留着当时的原样吗？"

住持连连点头。

"完全保持原样。上面应该残留着芳雄的血，还有阿胤的血。这盔甲吸附着大量他俩的血液。"

"没有擦拭过吗？"

日照摇摇头说，

"没有擦过。"

真想不到这东西竟然会在这里！我呆怔在原地想道。

当我凝视着那副盔甲的时候，不由得心生恐惧。毕竟这副甲胄可是沾染了两个人的血。

这不是虚构的故事，而是发生在百年以前的真实事件。看着它，我仿佛听见了那两人临死前的痛苦哀嚎。

这种事情只有在乡村地区才会发生吧，想必在东京，是不可能也不会允许出现这种事的。我走到铁丝网前盯着盔甲看了一会儿，光是靠近铁丝网就感到毛骨悚然，仿佛自己被恶灵附体了似的。

头盔下面露出了褐色的面罩。凑近一看，面具上还密密麻麻地植了胡须，做工相当精细。嘴部挖空做成了笑着的形状，里面黑洞洞的。嘴部上面是鼻子，再上面是眼睛，也是挖空的，看着真叫人不舒服。仔细一瞧，面罩上还有一道纵向的裂痕。

"这个面罩裂开了呢。"

我说，住持又点点头。

"是的，这面罩就是当时森孝戴着的那个。人们在卧龙亭——当时还不叫这个名字——的正房废墟里找到了它。它应该是正好被什么东西挡住或盖住了，所以没有被烧毁。不过还是裂开了个口子，现在是用胶水粘过的样子。"

"啊啊，这真是个了不得的物件呢！它可以算是百年前那桩命案的目击者了，不，应该说是当事者。想不到竟然还会遗留下这样的东西。"

"如果是现在的话，那些东西会被警察当作证物拿走。不过在那个年代，警察办事不像现在这么仔细严谨。"

"说得没错，但我还是觉得……"

我大受震撼，一时之间连话都说不出来。

"啊，这盔甲只有一条腿。"

我不由得脱口而出。

"没错，森孝失去了右腿，所以只有一边的腿甲。"

"嗯……"

由于实在过于震惊，我不由得叹了一口气。然而，当我继续观察这副盔甲时，心头却涌现出疑问。

"那，收纳这副盔甲的柜子也是原来那个吗？"

"啊，不是。不是原来的那个，现在这个柜子是之后拿来用的，你看上面的家徽都不一样。收纳这盔甲的箱子，在那场火灾中被烧毁了。"

"但这盔甲除了腿甲只剩下一个之外，其他部分都很齐全。"

"没错，除了右边的腿甲之外，其他部分都很齐全，连面具也保留下来了，一样都不少。"

"可是，他在杀死阿胤夫人时，不是将头盔和胸甲都脱下来了吗？这样的话，应该只有这两样会留存下来才对吧。"

"是的，他砍下阿胤夫人的头时，确实将这两样东西脱了下来。可是后来森孝不是又回到家里，放火焚烧房子了吗？如果身上还穿戴着盔甲，不是很碍事吗？所以他就全部脱下来，丢在院子里，因此盔甲才得以完整保留。村民们将这些全部收集起来，拿到寺里供奉。"

我点点头，接受了这个说法。或许事实经过真的就是这样，也只能这样解释了。如果没有人来攻击他的话，穿着这样一身盔甲只会觉得笨重不堪。而且从各方面看来，森孝都算是个身体赢弱的老人，穿上这样的东西，甚至很可能连动都动不了。

"所以就这样摆在铁丝网里放起来了吗？"

"是的，没错。"

"但是，为什么要把它关在铁丝网里面呢？"

"现在铁丝网上面的门锁，只要像这样扣住，然后转动正中间的旋钮，就能轻而易举地上锁。以前则是用一个皮包形状的挂锁把它锁住。因为发生过种种事情，所以只好这么做。"

"种种事情？什么事情呢？"

"就是一些传闻。比如说这副盔甲被诅咒了，等等，流传着诸如此类的说法。还说它会在雪夜里出现，惩罚那些做坏事的人。像这样的流言蜚语比比皆是，所以我们才将它封存在铁丝网里。"

"它真的会动吗?"

"听说有人目睹过,这种说法就流传了下来,还引起了很大的骚乱。"

"是这副盔甲自己走出去的吗?盔甲里面是空的?"

"不知道,我没见过。"

"动的是尸体,还是盔甲?"

"是盔甲。"

"可是如果盔甲里面没有东西支撑,不就散开了吗?"我问。

"里面并不是空的唷,是尸体钻进了盔甲里面,所以盔甲才会行走。只要有像森孝一样,只有一条腿的尸体送到寺里,就会被森孝的亡魂附体,钻进盔甲里走动。"

"是指已经死掉的人吗?"

"是的,是死人。"

"这是灵异故事吧?"我问。

"没错,当然是灵异故事。"

"盔甲会跑到哪里去?"

"森孝不是怨恨着芳雄和阿胤吗?所以盔甲会去找那些勾引女性的渣男,还有那些玩弄女性、令其伤心哭泣甚至殒命的男人,也会去找好色花心的女人。"

"找到他们以后,会做什么?"

"杀死他们。"

"这样的事件真的发生过吗?"

"我曾经有所耳闻,有人看到盔甲在动,往里一看,竟然有具尸体在里面。"

"真有这种事?"

"不清楚,这是我小时候听到的故事,大概是谣言吧。"

"这样啊!"

"可是我也听说,曾经有尸体从停尸间消失,然后有人发现盔甲在动。将盔甲脱下一看,发现尸体在盔甲里。"

"尸体穿着这副盔甲?"

"是的,穿着这副盔甲。这副盔甲汇聚着怨气,便拥有了让尸体起死回生的灵力,不过只是暂时的。尸体一旦进入这副盔甲里,就会起死回生,具有行动能力。"

"怎么可能!"

我质疑道。

"这种事情也太荒唐了吧!"

"都是传说啦,也不知是真是假。"

"那盔甲是从这个房间走到外面去的吗?"

"不,不是的。在我小时候,屋子外面有一座名叫'森孝'的小型神社,就在刚刚停车的地点附近。"

"神社?"

"是的。那个时候正处于神佛习合①的年代,寺院

---

① 神佛习合,是将日本本土的神道教和佛教折衷,再习合形成一个信仰系统的现象。

里就有一座外观很像神社的红色建筑物。从我记事起，建筑物表面的红漆就有些剥落了。森孝的盔甲就摆在那里面，当然也设有铁丝网，里面很暗，盔甲以坐姿摆放在铁丝网内。小时候我觉得那东西很可怕。"

"当时就是收纳在那里吗？"

"是的。"

"这么说来，任何人都可以随意进入那里吧？"

"没错。"

"所以，盔甲就是从那里走出来的？"

"没错，所以大家才会称那个神社为'森孝'，那里仿佛一个独立的宗教似的。很多为了家里的花心丈夫而伤心哭泣的太太，就会来这里参拜。"

"这样啊……"

"后来，大家都说感觉这样不太合适，于是便弃用了那座神社，将盔甲搬到这里来了。"

听完之后，我心里觉得很不舒服，隔壁房间刚刚送来了一具尸体。虽然死者的身份既非玩弄女人的男人，也非花心的女人，但我就是有些心神不宁。死者和盔甲被放在了只有一墙之隔的相邻两个房间，将盔甲移到室内，反而让它与尸体更接近了。

"石冈先生，您好像对那样的传说挺感兴趣的？"日照问我。

"是的呢。"我回答。

"既然这样，我这里有一本记载着村里各种传说的书。稍等，我去拿一下。"

日照又返回到门口那里，在地上翻找片刻，摸出一本像是大号笔记本的线装书，擦了擦书上的灰尘拿过来。

"听说，这是贝繁村站前商店街的特产礼品店卖的书，好像是村公所的人拜托东京那边的专业写手编制成书的，里面记载了关于森孝的传说，你可以看看。"

"啊，谢谢您。真的可以借给我吗？"

"没关系，送给你了，反正也不是什么值钱的东西。"

"《森孝魔王》……"

"嗯，那时候大家都这么称呼他。不过，书中故事所处的时代和现实不太一样，是江户时代的故事，那个时期的人们还需要缴纳年贡米。而森孝的事件是发生在那个年代以后的事，应该是明治时代。那时政府已经实施了地税改正①政策，农民不再用米来纳税，而是改为用钱纳税。不过书中所记载的那些故事，也都只是传说而已。"

"原来是这样。"

"啊，对了，石冈先生，你想不想看看森孝长什么样？"日照好像突然想起了什么似的，对我说道。

---

① 地税改正，指日本明治政府在维新中对土地制度和土地课税进行的改革。地租改革确认了地主土地私有制，建立了政府向农民征收高额地税的制度，地税成为政府的主要财源。

"唉，有他的照片吗？我想看看。"我吃惊地说道。

"应该就在这个房间里，有他的照片……"

说完，日照打开堆在一起的很多木箱中的一个。

"啊，找到了，就是这张。"

他从箱子里抽出一个外面裹着布、像相框一样的东西，慢慢地将布掀开。

"就是它。"

日照一边说一边将那东西拿给我看。这是一张看起来古色古香的黑白照片，虽然放在玻璃相框里，但是已经变成茶色了。此外，不知是雨水渗进去了还是别的什么原因，照片的上半部分有条褐色的曲线横穿而过，曲线以上的部分像是洒上了茶水，几乎变成了黄色。

"这应该是他还没步入晚年前拍的照片，那时候他还很年轻，应该是建造犬房那会儿拍的照片。"

"啊，是吗？喔……"

我接过照片，仔细观察着。一眼看上去，这张照片给我一种很奇妙的感觉。我突然想到，萨摩藩①的大久保利通②年轻时也曾拍过这样的照片。森孝眼窝凹陷，但并不给人以眼神锐利的感觉，反而看起来非常温和亲切。鼻梁高挺，脸颊瘦削，厚嘴唇、宽额头，脸稍稍有些长。

---

① 萨摩藩，为日本江户时代的藩属地，位于九州西南部，即今天的鹿儿岛县和宫崎县的一部分。
② 大久保利通，幼名正助，号甲东，后改名利通。生于日本萨摩藩，日本明治维新的第一政治家，号称"东洋的俾斯麦"。

"看起来不像是那么恐怖的人嘛!"我说。

"是啊,那个时候确实看起来不可怕。"

日照拿回照片,像原来那样用布将相框包起来。

"啊,肚子好饿!"

二子山突然冒出这么句有些破坏气氛的话。

"大家要不要回龙卧亭?我想去吃点儿东西。刚刚不是说,今天做了什锦饭吗?现在出发的话,应该还能走得回去,再不快点儿走的话,待会儿恐怕就走不了了。"

我的想法和二子山一样。等日照将照片放进箱子之后,我们一起走出房间。

"伊势先生呢?要不要也邀请他一起过去?"上楼梯时我问道。

住持摇了摇头。

"那个人只要一埋头工作就什么都不会吃。并且,这里也有他专用的棉被,累了就会在这里睡下。"

"啊,这样啊。"我说。

"我也有他的手机号码,不会有问题的。"住持说道。

我不由得开始想象,现在他正在那个房间里,做着什么样的工作呢?

5

来到正殿的一楼,耳畔传来外面暴风雪的呼啸声。

风势好像更猛烈了，看来大雪会持续一整夜的样子。以前都不知道，这里竟然是如此多雪之地。

不知道为何，我心里总有种说不上来的阴郁。明明刚才心情还很愉快，现在却变得情绪低落起来。

我也不知道为什么会这样，可能是看到了尸体的缘故？也可能是想到那位叫奈马的死者就这样结束了他的一生，不由得心生感伤吧？看到人的尸体，令我产生了一种虚无之感。也可能是因为看到了那副阴森森的盔甲。我现在的心理状态，和抑郁症初期的症状有些接近。

来到后门，住持拿起两把靠在墙边的铲子递给我们，说：

"现在去龙卧亭的话，路上还是用铲子一点点铲除积雪才好走吧？"

"什么？"二子山顿时大叫道，"你不去吗？"

"我会去的。等我剃个头，待会儿再过去。外面雪下得那么大，你们去的路上，先用铲子把积雪铲掉，我在后面就会走得轻松一些。之后往返两边也会方便许多。积雪应该挺深的，不带上铲子的话路会很难走。那么，就拜托你们了。"

二子山露出了有些失望的神情，接过了铲子，我也接过了铲子。铲子柄好像是塑料制的，比想象中的还要轻巧。

"日照先生！"住持正要走回房间时，我叫住了他。

"怎么了?"

"那个叫奈马的人,他姓什么呢?你知道他的全名吗?"

"不知道。"他回答道,"一直都是这样叫他的,在我来到这里之前,大家都是这样称呼他的。"

"他一直都住在这个村子里吗?"

"是的。"

"是做什么工作的呢?"

"什么工作都做。有时他会去别人家帮忙,或是帮人砍柴,也曾自己在山中盖了一间小屋住在里面,但后来好像说那里是谁的土地,就被人赶出去了。"

"啊,这样啊!"我说。

虽然这里有着广阔的土地,但若缺少财力,便没有可以安身立命的地方。

做好了充分的心理准备后,我们走到了外面。确实如和尚所说,积雪已经很深了,如果毫无准备地走出去的话,可能膝盖以下都会陷进雪地里,不带上铲子确实无法前进。

风刮得更猛了,雪也越下越大,已有暴风雪之势,铺天盖地的雪花在漆黑的夜空中纵情纷飞,视野里白茫茫的一片,乃至看不见黑色的天幕。我们一边铲雪一边前行。

然而我们只有刚开始的时候在认真铲雪,很快便因为双手冻僵而偷起了懒。碰到能勉强走过去的路段,干脆直接放弃铲雪了。我们只想赶快钻进暖和的室内，已经无暇顾及稍后赶来的和尚能否顺利走过这段路。寒气凛冽，连脚趾都冻得逐渐失去了知觉。

雪下得真大，可以称得上是强降雪了吧。狂风将别处的雪也卷了过来，使得有些地方的积雪甚至已深至大腿。

我一直在想着奈马这个人，虽然与他从未谋面，也没有交谈过，却总觉得好像早就认识他了似的。接着，我的脑海里又浮现出那位叫做伊势的老人的脸。那位老人的沉默寡言，应该是出于什么特殊的原因吧？这里还真是有很多与众不同、个性十足的人。还是说，其实城市里也有这类人存在，只因城市太喧嚣，我们无从得知罢了？

我们走到石阶前，发现已经完全看不清台阶，变成了一片斜面，很危险。好在积雪很厚，目前还比较松软，就算滑倒了，应该也不会受伤。

"不用都铲掉吧！像这样稍微地……"

狂风呼啸着，为防止我听不见，二子山不得不扯着嗓子喊道。离开法仙寺范围外后，风便开始怒号起来。虽然二子山在大声地说话，但是我几乎听不到他的声音。他用铲子扒拉着台阶上的积雪，将其堆到边上。

"只要将台阶中间的积雪铲掉就可以了！"

说完，他又铲掉了几个台阶的积雪，然而很快就又厌倦起来。

"我不行了，石冈先生，铲不动了。好饿啊！我只想赶快到龙卧亭吃点儿东西！"

"不行啊！日照先生的脚不是不太好吗？如果我们不铲掉积雪的话，他下这个台阶会很危险！"我也声嘶力竭地对二子山喊道。

"这样吗！"

"而且他还没有铲子！"

"他的脚真的伤得那么严重吗？"

"我也不太清楚，不过看起来好像很严重！"

我猜测着说道。接着，我走到台阶前，一边将石阶中间的积雪铲到左右两侧，一边慢慢走下去。

"老师，很冷吧？您连围巾都没有戴！"

"好冷啊！"

不过，总算是在台阶中央铲出了一条只有薄薄积雪的小路。

走到最下面，来到坡道前，发现这里的雪也下得很大，道路两旁积雪很深。但是我们已经没精力再在中间铲出一条通道了。如果雪像这样一直下到早上的话，恐怕积雪会没过头顶吧？对于住在东京并非生长于雪乡的人来说，那样的场景想想都觉得可怕。仿佛生活里的一切都会被这漫天大雪碾碎似的，令人隐隐有些不安。雪和沙不同，没有那么大的重量，但是有着可以冻结、抹杀一切的狂暴冷气，称得上是一种杀气了。

"这样下去怎么铲得完呀？就算将积雪铲掉，很快又会堆积起来了!"二子山边铲雪边大声抱怨着。

"你说得没错!"我也附和着他的话。

"就算再怎么铲,积雪还是这么多。真希望日照先生能快点过来!"

"我想他应该很快就会来吧,只是剃个头的工夫而已。"我说。

"不过,好久没有遇到过这么大的暴风雪了,就算是在北海道,也不会积这么厚的雪吧?"

"这样的情况是第一次吗?"

"对我来说算是第一次吧!"

我们就这样继续铲着雪。终于抵达了龙卧亭的大门。其实法仙寺和龙卧亭本就是邻组①,此刻却觉得它们相隔甚远,就像手边的豆子近在咫尺,却无论如何也够不到。幸好由于在路上干了活儿,身体并没有特别冷。

"哎呀,总算到了!"

穿过龙卧亭大门后,我们又随便地铲了铲雪,然后二子山便走到玄关前。幸好玄关处有一块突出的屋檐,否则门前的积雪一定会深到连房门都打不开。

走到灯下,我才发现二子山的全身上下,包括头和脸在内,已是一片雪白。我们掸掉脸上和身上的积雪,将铲子立在墙边,推门走了进去。

---

① 邻组,第二次世界大战期间,日本政府为了便于控制人民而建立的一种地区基层组织,以十户左右为一组,战后废止。

"我们回来了——"二子山语气阴沉地说道。

屋内传来快活的笑声,我感受到了一种温暖的、密闭空间的幸福感,又不由得感伤于奈马的不幸。

脚步声传来,雪子第一个跑到玄关前迎接我们。

"欢迎回来!"雪子对我们说,"看,我得到了这个礼物!"

她伸出左手腕展示给我们看,上面戴了一副外观像是手链或手镯的东西,由玻璃珠和闪闪发光的细环所串成。

"哇,好漂亮!啊好冷……"二子山边说边脱掉鞋子。

"这是手表哟。"雪子又说道。

"这是手表?真不错,好小的手表呢。不过,能看得清时间吗?"

接着,里美也走了出来。"欢迎回来!啊,这是怎么了?"

"什么呀?"我问道。

"怎么了?"二子山也问她。

"你们两个人怎么都像个雪人似的!"

"啊,我最近确实胖了!"

"我不是这个意思啦!"

"哎呀呀!你们两个快点儿进屋来吧。热茶已经沏好了,还温了酒,坂出先生应该已经在喝了。"育子也走出来说道。

"啊呀，太感谢了！其实我喝热茶就可以。"二子山爽快地说。

他是个很爱喝酒的人。不过我倒是更倾向于喝茶，想来一杯热腾腾的绿茶或红茶。

"咦，里美你也喝酒了吗？"我问。

"哎？看出来了吗？"

"因为你的脸有点儿红。"

"哎呀，真丢人！"

"日照先生呢？"育子问道。

"他剃好头之后马上就会过来。"二子山回答。

"这样啊！对了，倒在路边的死者是谁？"

"果真就是那位叫奈马的人呢。"

"真的是他？奈马真是可怜，他偶尔也会来这里帮我砍柴呢！"

"还有这种事啊！"我说。

"我们已经把他搬到法仙寺的地下室了。"二子山说。

"是吗？那真是辛苦你们了。快进来取取暖吧！"

"哎哟，真的差点儿冻死我了！"

二子山边说边走了进去。我们穿过走廊，来到了起居室，但这里一个人都没有，大家好像都在里面的会客厅。

"喔，释内教先生回来了，尸体怎么样了？"

果然，大家都在会客厅，问话的人是坂出。这时我发现，人群之中有位面生的年轻人，头发染成了茶色，长相颇为俊秀，一副摩登青年的打扮。

"尸体已经搬到寺里了。"

"死者是谁？"

"就是那个叫奈马的人。"

"啊，真的是他啊？"

"你认识他？"

"嗯，我以前见过他的。来，喝一杯吧！"坂出招呼道。

于是二子山便坐到了他旁边的那个坐垫上，那里本就是空位。

"啊，谢谢你！我浑身都好冷！"

"辛苦了！如果我再年轻一点儿的话，应该也能帮上忙的。"

每个人的面前都摆着一方食案。可能因为这里曾经是旅馆吧，食案都是精致的黑色漆器。里美的亡父曾向我极力夸耀过龙卧亭的柱子和这些漆器食案。

食案上已经摆好了下酒菜。二子山拿起酒杯举到面前，让坂出替他倒了酒，然后一饮而尽。

"啊，暖和起来了！快哉快哉！"二子山高兴地说。

"再喝一杯吧。外面是不是已经大雪纷飞了？"

"是啊，下得可真大。很久没见到这么大的雪了，积雪都埋到腿的这儿了。"

二子山边说边用手比划着自己的腿。

"看来，你今晚是回不了家了。"

"我想，明天早上我家没准就会被大雪掩埋了吧。等会我打个电话给孩子他妈。"二子山说。

"你是不是要跟她说，因为下雪不能回家，叫她千万不要踢你？"

"你怎么知道？"

"看，这是给你的礼物。"

坂出递给二子山一尊布袋和尚的装饰品。

"我帮你拆开了。是在横滨买的喔！"

"咦？给我的礼物？是里美送给我的吗？"

"是的！"

里美大声地回答。她身边的座位是空的，于是我便坐了下来，这样一来，刚刚那位年轻人就正好坐在我的旁边。我对他点头打招呼，他也向我回了礼，我正想同他说两句话，这时里美将斟满日本酒的酒杯递给我。

"啊，谢谢！"

我向里美道谢，也因此没能和年轻人继续聊下去。一饮而尽杯中热腾腾的酒，感受到酒缓缓流过喉咙、食道和胃。不过身体还是由内而外地发冷。

"呀，我真高兴！不过，这个布袋和尚好胖哦！"二子山说。

"再这样下去，你的肚子也快变成这样了。"坂出打趣道，"不节制一点儿的话。"

"啊？所以才送我这个的吗？"二子山摸了摸肚

皮说。

"她送给我的是两颗大理石球,说是可以用来预防老年痴呆症。"坂出拿出他的礼物展示给我们看,"每天像这样把球放在一只手掌上转一转,就能预防老年痴呆。"

"你有老年痴呆?感觉我才是要得老年痴呆的人。"二子山说,"我最近经常忘记自己说过的话。"

"你不是一直这个样子吗?"

"才没有!"二子山一脸认真地反驳道。

"坂出先生的礼物可以预防老年痴呆症,那么我的礼物就可以用来预防发胖!"

"没错。"

"要一直把它摆在眼前吗?"

"没错。"

"我收到的礼物是兰蔻的身体乳,"通子说,"还有一瓶身体喷雾。"

"这是给老师您的。"里美递给我一个包裹。

"呀,我也有啊。这怎么好意思呢?你带这么多礼物回来,一定很辛苦吧!"

"没有没有,我的手臂还是蛮有力气的。"

"我可以现在打开吗?"

"当然可以。不过,也不是什么贵重的礼物啦!"

我做好了里面的东西也是用于预防老年痴呆症的心理准备,拆开包装,里面是个纸盒子,打开盒盖,里面是个青蛙造型的摆件。

"这是青蛙?"

"是的。"

"唔,这个东西有什么含义吗?"

"我也不太清楚呢。"

"你真是大手笔!每次回来都准备这么多礼物,太辛苦了。"我说。

"她也不是每次都带礼物哟。来,老师,喝酒吧!"

坂出拿起酒瓶,隔着里美为我斟酒。

"不是每次都带礼物?"我问里美。

"我的礼物是这个,购物袋。"

育子走进会客厅对大家说道,手上端着一个摆满小菜的大盘子。

"她送了我两个。对了里美,你不是有事情要跟老师汇报吗?"

育子边排菜边说。她将购物袋背在了肩上,看来她很中意这份礼物。

"我们已经知道是什么事了。来,大家一起干杯庆祝吧!"

听坂出这么说,我突然觉得心脏变得沉甸甸的。难道,里美要结婚了吗?

"那么,我就再宣布一次!"

里美面向着我准备开口。我的心脏似乎快从喉咙跳出来了。

"声音大一点儿,让我也听听!"

二子山大声说道,看起来似乎早就喝醉了。即使在会客厅里,依然能听见外面大雪纷飞的声音。

"嗯,好的!石冈老师、二子山先生,我,通过司法考试了!"

"什么?"我不由得提高了声音。

"真的?"二子山也大声问道。

"哎呀呀,太好了!"

"是呢!"里美说。

我激动得足有五秒钟说不出话来,好容易才缓过来,说:"恭喜你!真棒啊!"

"谢谢您!"

"你终于成为一名律师了!"二子山开心地喊道。

"我们村出了一名律师,第一个!对不对,里美她妈妈?"

"是的!"

"之前从来没有过,史无前例!里美,你得再多喝两杯。"二子山举起酒杯凑了过去。

"啊,谢谢!"里美也举起酒杯。

"真厉害啊!咱们这里现在有好几位'老师'[1]呢!"

"居然真的考上了……"

我仍有些难以置信。虽然也想过她总有一天会考上

---

[1] 日语中将作家、律师、医生、国会议员等尊称为"老师"。

律师，但不知为何，我却希望这一天永远不要到来。

"嗯，连我自己都不敢相信。"

"别这么说，毕竟你都这么努力了呀。对了，干脆在车站前为你建一座铜像好了！"二子山已经性急地考虑到这一步了。

"噢噢，我觉得可以！"坂出也表示赞同。

"不要，太羞耻了！"

"石冈老师也来一起提供建设资金吧。"

"好的。"

里美的铜像，应该会像山下公园里那个红鞋女孩铜像①那样吧？在我的印象中，似乎没怎么见过年轻女孩的铜像。不对，其实这种铜像应该还是蛮多的，只不过这些铜像并不是为了赞美女性自身，而是一种象征物罢了，譬如装饰会场用的台花之类的。

"你马上就是律师了，也是当地的名人。要不要帮你组织个协会或者后援会什么的？就由坂出先生当会长好了。"

"哎哟你呀！她又不是议员。"

"办个律师协会总该没问题吧？不过，日照先生会同意吗？"

"我想他一定会抢着当会长的。"

"那么坂出先生，你就当副会长好了。"

---

① 红鞋女孩铜像，位于横滨山下公园，原型是日本童谣《红鞋子》的主人公。

"那你当什么呢?"

"什么?我也要当?"

"怎么可以让你一个人乐得清闲呢?"

"算了吧,接下来我还有很多事要做。要在律师事务所、检察厅、法院培训,往后会更辛苦呢!"

"培训的时间很长吗?"

"是啊,很长的!"里美苦着脸说。

"大概需要多久?"我问道。

"律师培训是四个月,地方检察厅的检察官培训是四个月,法院的法官培训是八个月……"

"八个月?!"

"是的,总共是一年零四个月。"

"一年零四个月,真是场持久战呢。"坂出说。

"是啊,现在才只是开始而已!"

"你本来就打算做律师吗?也可以当检察官或法官吧?"

看来二子山这方面的知识还挺丰富的!

"目前还在考虑中。不过,我应该还是会选择当律师,因为我的初衷就是成为律师。"

"不管怎么说,能通过司法考试,真的很优秀呀。不过,你为什么不早点儿告诉我们呢?你应该去年年底就知道自己通过了吧?"我问道。

"是的。可是因为有事务所的工作,还有很多别的事在忙……"

"那你也应该刚才一到这里就马上告诉我们的！"

虽然我嘴上这么埋怨着，但心中还是涌起喜悦之情。虽然这是别人的事，我却比自己考上还要高兴。里美终于成功了，真了不起！

"我本来也打算一到这里就告诉大家的，但是看到有人死在路边，就觉得不适合在这个时候说了。"

"在回来报告好消息的路上看见了尸体呢。"

"是的，所以一时之间就难以说出口了。当时还忍不住想，以后我也要接触刑事案件吧？"

"很厉害呀！我想你应该能处理好刑事案件吧？"

"不知道。我有些害怕跟犯人之类的人见面。"

"放心吧，我觉得你一定行！"我安慰道。

我可绝对不是在说客套话，不知为何，当时我就是确信里美一定能行。

"哎，真的吗？"

"是的，你肯定行的，我相信如果是你的话，绝对没问题。好厉害啊，走到现在真不容易。"

我突然觉得很感慨，第一次在这里见到里美时，她还是个孩子，如今竟然已经通过律师司法考试了。

"我真的行吗，小雪？"

"嗯，绝对没问题。"小雪也给她打包票。

"真厉害啊，真是给了我好大的惊喜。"我又开始唠叨这样的话了，感觉能说上个无数次。

"小幡小姐早在前年就通过了考试，当时我真的觉得自己考不上了。"

"小幡小姐……她后来怎么样了呢？"

"她现在住在关西，我们就没再见过面了。"

"这样啊。"

"有好几次我都忍不住想中途放弃，不过终于还是考上了……"

"呀，我就说嘛，你一定没问题的。"我说道。

"是啊，幸好当初没有放弃。"

"那么，让我们一起举杯庆祝吧！"坂出说。

"大家再一起干杯吧！"

"可是，和尚他还没来呢。"

"等他来的时候再干一次杯就好了。这样大的喜事，无论干几次杯都无妨。来，小里美。"

"好嘞，往后还要请坂出先生多多关照呢。"

"咦？为什么？"我问道。

"之后在律师事务所培训的话，我应该会选仓敷或冈山的律所吧！"

"啊，原来是这样。"

"总之，这是值得庆贺的事，我们再一起干杯吧！"

坂出边说边举起酒杯。这次我也和他们一起举杯。

6

过了一会儿，日照和尚回来了。他的头发已经剃光了，露出青色的头皮，像是换了一个人似的。身着袈裟之人，果然还是青皮光头的样子看着比较顺眼。

他来了之后，也喝了杯酒取暖。并且，当他听到里美通过司法考试的消息时，也感到很惊讶。

"哎呀，那你以后就是律师了！"日照也这么说道，"看来为了以后的发展，我得跟你搞好关系才行呢。"

大家边聊边饮，每个人都抢着要为里美斟酒。里美也非常高兴，喝了很多酒，对她来说，今晚想必是人生中最美好的一夜吧！

得知里美通过司法考试的消息时，那些在里美上初、高中时就认识她的人更是大为惊讶。那时的里美，给人的印象完全不像是个知性的少女，但是如今的她已经变了，至少正在发生转变。虽然说话的语调还是从前那样，也从不谈论知性女性的话题，但她比以前更加文静、稳重了，整个人都散发着知性的魅力。比起少女时期瘦小的样子，现在的她已经完全长开了，是个标准的美人坯子。就算登上电视，也决不会输给那些女明星。

大家都渐渐有了些醉意，菜还在继续上，进入了晚餐时间。一进门就喋喋不休的二子山显然是饿坏了，开始一言不发地狼吞虎咽起来。虽然里美也变化很大，但变化最大的还数二子山。他现在这么能吃，真担心再这样下去他会变得越来越胖。

我并不是很饿，稍微吃了点东西就放下了筷子，聆听外面暴风雪的声音。其实我很想回房间看日照刚刚送我的那本《森孝魔王》。这时，我听到旁边有人小声对

第一章 第一具尸体

我说:"请问……"我扭头一看,原来是那位茶色头发的青年。

"怎么了?"我转过身面向他回答道。坐在他对面的里美醉醺醺地咯咯大笑着。我瞥了一眼,看到她已经笑得直不起腰来了。

"您就是石冈老师吗?"他悄声问道。

"是的,请问有什么事吗?"我问。

"其实,我一直都有在看您的作品。"他说。

"哎呀,谢谢你的支持!"

然而青年却没有接我的话。我难以猜测他说这些话的用意何在。他是谁?为什么会在这里?对此我一无所知。跟吵吵闹闹的里美她们相比,他显得非常安静、沉默。

"你是有什么话想说吗……"

听我这么问,青年低头思索了片刻,开口说道:"我叫黑住。我问了育子女士,她说石冈老师会来这里,所以我就前来叨扰了。虽然感觉这么做会不会有些失礼,但我还是过来了。"

尽管他已经自报家门,我还是没能立刻想起来他到底是谁,我应该没有喝醉才对。

"怎么会呢,一点儿都不失礼哦……"

说完这句话后,我也不知道该说些什么了。

"不,在这种欢庆的场合,我跑过来说这些真的很失礼。"他压低声音说,"我有件事想请教老师您。因为都没有人愿意听我解释，连警察也不相信我，所以我……"

"您是黑住先生吗？"

"是的。石冈先生应该也知道那件事了吧，所以我才来找您，就是之前冲津宫有人失踪的事……"

听到这里，我终于想起来了。

"啊，我想起来了！原来是那件事啊！真是不好意思。黑住先生，你就是失踪的巫女的男朋友吧。"

我终于想起来他是谁了，也明白了他为何会来这里。他就是专程来找我的。由于今天发生了太多事，又是里美司法考试合格，又是发现有人横尸路边，乃至于大家都没有注意到他，也就没有人想到要把他介绍给我认识。

"是的，我就是那个黑住。"

"啊，你们已经互相认识了吗？"

旁边传来了说话声，抬头一看，原来是育子女士，应该是要过来把黑住介绍给我的吧。

"是的，我们已经聊上了，谢谢您。"黑住低头致谢道。于是育子转身朝着厨房走去。我目送着她的背影离去，看到二子山正不停地摆弄着手机，应该是在和他太太聊天吧。

"你们已经有婚约了吗？"

我收回视线，对着黑住问道。他点点头。

"虽然我们还未正式订婚，但是已经有了结婚的打算。"他说。

"这样啊。"

黑住抬起头看了我一眼，一瞬间，我看见了他坚定的眼神。不过他马上又把头低下去了。可能觉得仅仅说这些还不够，他又继续开口道：

"除了她，我再也没有过其他恋人了……我这么说不是在抱怨，而是说真心话。对我来说她是非常重要的人。我总会想起她，工作的时候会想她，睡觉的时候也会想她，简直是无时无刻不在想她。我真的很爱她，虽然她做事轻率又有些拜金，偶尔还会口出恶言，但是，这些缺点我也有啊。除此之外，她真的是个好女孩。"

"嗯……"我短暂地思索了一会儿。

我完全能理解他走投无路的心情，跑来找我，恐怕也是他能想到的最后的办法了吧？

"这件事真的很不可思议，最近有没有什么进展呢？"我问道。

他摇摇头说："完全没有进展，真的毫无头绪，但我绝不会就此放弃的。为此我想努力做点儿什么。一直这么拖着，我这心里总是七上八下的。"

我点点头表示赞同，然后问道："对于这件事，你自己有何看法呢？"

他陷入了短暂的沉默。回答这个问题，对他来说似乎有些艰难。

"真理子曾经对我说过，万一她有什么不测，那就绝对不是意外，而是有人害了她。"

我思索着他话中的含义。

"不是意外……"

"这话，她对我说过好几次。"

"这是什么意思呢？"

"她还说过这样的话：如果哪天她失踪了，就表示已经被人害了。"

我沉默了。黑住话语中的含义，我一时没有反应过来。

"也就是说……"

"也就是说，真理子并不是主动消失不见的。"

"这样啊。"

原来是这么回事。也就是说，万一她有什么不测，就说明是被人害死的。不过，我没有立刻告诉他我的想法。

"警察觉得我是被她甩了。真理子厌倦了我，想从我身边逃走，所以就悄悄离开了。但是，事实并非如此，绝对不可能发生那种事。"

"哦。"

"那时，也就是我们最后一次见面那天，她还对我说，我们很快就可以再见面。我能看出来，当时她并没有在说谎。"

"确实。你是做什么工作的？"

"我是农民。"

"啊，这样啊。"

"我只是一介农民，而真理子很有男人缘。那个菊川神官到处跟别人说真理子厌倦了我，以至于大家都信了他，就连警察也这么认为。但事情真不是这样的，他在撒谎。"

"真理子小姐也喜欢你吗？"

"是的。这个问题是毋庸置疑的。虽然现在很难证明这一点，但我保证她肯定是喜欢我的，绝对错不了。真理子说过，她要嫁给我，这是她自己亲口对我说的。所以，她绝对不会主动消失不见的。"

"她对你说，如果她有一天失踪，就是被人害了……"

"是的，这样的话她说了不止一次。她还说，如果她出了事，让我一定要查出真相。"

"嗯。"

"所以，我正拼了命地调查此事。但我并非这方面的行家，能做的事情有限。"

"确实呢。"

"我真的弄不明白。她到底为什么会失踪？究竟跑到哪儿去了？就连她失踪的时间，我也不得而知。"

"真理子小姐曾经感觉自己会有生命危险吗？"

"是的，她觉得自己有生命危险。"

"以前就有这种感觉吗？"

"是的。"

"因为什么呢？"

听我这样问，黑住又把头低了下去，沉默不语。然后，他小声开口道：

"这个，在这里有点儿……不太方便说。"

我抬头环顾会客厅。育子和斋藤女士也坐了下来，同大家一起用餐——看来厨房的活儿已经忙完了。二子山还在打着电话。大家都各自在和身边的人聊天，并没有人注意到我们这边。但显然黑住很在意这些人。

我收回视线，对他说："那等会儿去我的房间单独聊聊吧。"

"啊？真的可以打扰您吗？"

"我没问题的。倒是你方便吗？不用回家吗？"

"我打电话跟家里人说一声就行了。雪下得这么大，反正也回不去了。"

"那工作怎么办呢？"

"这段时间农民是没有工作可做的。"

我点点头。

"你是觉得，真理子小姐现在可能被人监禁在某个地方？"

"我考虑过这个可能性。所以，我想过她可能会被关在什么地方，但应该是没有这样的地方的。"

"没有这样的地方？"

"对，那附近并没有可以用来监禁人的地方。"

"哦。"

"而且冲津宫几乎每天都有很多人出入。"

"哦。"

"况且,她都已经失踪三个月了。"

"是新尝祭那天失踪的吧?听说那天是下雨天。"我问。

"是的,那天是十月十五日。"

"直到四点前你们都在一起吧?"

"是的。"

"那时她的行为举止有没有什么异常?"

"完全没有,就和往常一样,并无异常。"

"她还跟你道别说明天见,是吗?"

"是的……不,'再见'的意思是指马上就会再见面,五点钟的时候。"

"五点?"

"对。"

"五点的时候你见到她了吗?跟她说话了吗?"

"没有。当时在举办祭神仪式,我们没法交谈。但我能看到她。她会手持弓箭跟在神官的后面。我就是为了要见她,才去观看仪式的。"

"原来如此。"

"我想着等仪式结束后,就能去找她聊天了。"

"哦,然而祭神仪式还没结束,她就失踪了,是吗?"

"是的。"

"你们每次见面后,她都会回家吗?"

"是的,都是我送她回去。"

"巫女这份工作,是不是要有特殊资质的人才能做?类似于家传神职之类的?"

"不是。其实就是和打工差不多。"

"不需要特殊教育或培训吗?"

"完全不需要。我不知道像伊势神宫这种大型神社需不需要,但我们这儿是不用的,一般人只要去神社征得菊川的同意,就可以在那里工作。"

"就像上班通勤一样?"

"对的。"

"真理子小姐是怎样的人呢?"

"跟我一样,是个农民。"

"啊,是吗?那她的双亲现在一定很担心。"

"她没有父母。"

"没有父母?可你说她是农民?"

"因为一些事情,她现在只有爷爷奶奶两位亲人。两位老人本指望靠孙女养老,谁知道发生了这种事。自那之后,他们的处境也很可怜。"

"'一些事情'指的是什么事呢?"

黑住又迅速瞥了一眼四周,压低声音对我说:

"那些事也不方便在这里说……"

"是吗?那就暂且不讨论……"

"嗯。两位老人很担心她,但他们也是心有余而力不足,毕竟年纪大了。"

第一章 第一具尸体

"嗯。如果真理子小姐真的失踪了,你就算寻遍天涯海角也要找到她吗?"

"没错。就算她去了国外,我也会去找到她。但我觉得事情不会这么简单的。"

"也是呢,我只是随口问问。"我说。

"我……"

刚吐出一个字,他又陷入沉思中,然后,仿佛下定决心一般,又开口道:

"如果真理子对我说,她想和别的男人结婚的话……"

"什么?"我有些吃惊。

"她如果这么说的话,我一定会很伤心。说不定会伤心得哭泣,但身为男子汉,我还是会选择就此放手。她的家庭环境比较特殊,这一点我是知道的,所以我绝不会再去打扰她。"

"哦。"我点点头,思索了起来。

我在想,如果是我的话,能够做到这一点吗?如果我选择放弃,恐怕并非出于什么男子汉气概,而是没有那么多的精力继续死缠烂打下去吧。

"其实我知道,不仅是真理子的家人,我的母亲也是反对我们俩在一起的。"

"还有这回事?"

"是的。她家欠了别人很多钱,她爷爷奶奶也不是好相处的人,家里还出了些其他事情,真理子和我母亲在性格上也合不来，不过我母亲表面上并没有反对我们交往。而且我再也找不到像真理子这样可爱的女孩了。真理子还说，她一定会做个好妻子。"

青年仿佛自言自语似的说道。

"所以，如果真理子主动提出分手，我就会听从母亲的建议去相亲。母亲也说会帮我找到条件更好的对象，就算外表稍显逊色，也肯定是个既可爱性格又好的女孩。"

听他这么说，我想，他也算得上相貌堂堂，想必也不难找到另一半吧。

"所以，她绝对不会主动消失不见。她没有这么做的必要。想离开我的话，直接告诉我就可以了。或许我会埋怨几句，但最后我一定会同意的。这些话，我也都和真理子说过了。"

"哦。而且，她还是在众目睽睽之下失踪的？"

"是的。根本不可能在那么多信徒的眼皮子底下消失不见。"

"绝对不可能，是吗？"

"绝对不可能。"

"警察当时立刻去搜寻了吗？"

"是的，信徒中有人是贝繁村派出所的警察。事发之后他立刻就去了真理子的家中和神殿等地方搜索，厕所、浴室、床底下、库房、库房里的箱子、阁楼、屋顶上面全都找遍了。还有壁橱、储藏室、储藏室的箱子里面，能找的地方都找过了。"

"哦，你是怎么想的呢？除了刚刚说的那些地方，你觉得她还有可能会躲在哪里呢？"

他摇摇头，说："我想不到。"

"那里有地下室吗？"

"没有的。"

"这样啊……"

我抱着胳膊思索着。

"那么，我是说万一，会不会是真理子小姐自己想躲起来，不让大家找着呢？"

"她没理由这么做……"他立刻回答道。

"我只是做个假设。"

"嗯，就算她真的有这个想法，当时的情况也根本不允许她那么做。除了神殿，神社里到处都挤满了信徒。祭典仪式结束后，大家会立刻进入神殿里一起用餐，警察就是趁这段时间进行搜寻工作的。"

"啊，原来是这样。"我接受了这个说法。

"当时有好几名信徒陪着警察一起找人，大家搜过了神殿的每个角落。我也一起找了，还架梯子爬到屋顶上面，都没有找到。"

"连神殿的屋顶也找过了？"

"是的，连屋顶都找过了。可神殿的屋顶是铜瓦铺成，角度很陡，上面根本无法藏人。"

"原来是这样，那样的话她就不可能自己失踪。"

"而且那时神社里面还到处挤满了信徒。"

"你最后一次见到真理子小姐的确切时间是?"

"当时我看了手表。时间是下午三点五十三分。我们是在库房后面的屋檐下分开的,在冲津宫北侧。当时外面下着小雨,所以我们一直在屋檐底下聊天。"

"这么说,你们是在神社外面了?"

"是的。大家都说我们在神社里面幽会,其实压根儿不是那么回事。那些人满嘴跑火车,造谣我们在里面做那种事。其实我们只是聊天而已。因为时间紧迫,真理子就说待会儿再见,对我挥了挥手,然后就走进雨中,绕到神社去了。那是我最后一次看到她。"

"没带伞?"

"她没撑伞,因为她把自己的伞借给我了。"

"她把伞借给你?"

"是的,就是那种透明塑料伞。"

"这样啊。那么她跟你分开之后,就去找神官菊川先生了吧?"

"应该是去找了他,菊川也是这么说的。"

"那么,最后一个看到真理子小姐的人就是菊川先生了?"

"是的。"他的眼里有一丝阴霾闪过,用力地点了下头。

"神社里面还有其他人吗?"

"那时候并没有其他人,只有菊川和真理子两个人。"

"菊川先生说过见了面之后的情况吗？"

"他说四点一到，他就叫真理子换上和服裙，然后自己去水圣堂念祈祷词了，所以他也不知道真理子后来怎么样了。等到五点零五分他走出神殿时，真理子已经不见了，他还以为真理子已经回家了。"

"他们最后是在哪儿分开的？"

"在通往水圣堂的走廊上。"

"那时候真理子小姐还没有换上巫女的衣服吗？"

"还没换上，但是后来大家找到了当天真理子本该换上的红色巫女服。"

"哦，所以她是在换衣服前就消失了？"

"是的。不过也找到了她当天穿的牛仔裤。"

"找到了牛仔裤？这是怎么回事？"

"就是说，她脱下了牛仔裤，穿上白色和服，正准备穿上和服裙的时候，消失了。"

"白色和服呢？"

"没找到。"

"只穿白色和服能见人吗？"

"可以的。"

"嗯……和她分开之后，你做了什么？"

"我冒雨赶回家了。"

"徒步吗？"

"是的。"

"你跟真理子小姐分开的时候,她穿着什么衣服?"

"就是一般的运动衫和牛仔裤,当时天气还不是很冷。"

我抱着双手,沉思了一会儿,然后压低声音说道:

"黑住先生,虽然我实在不想这么说……"

"您说。"

想不到黑住回答得如此干脆,他好像已经猜到我要说什么了。

"如果,真理子小姐已经遇害了呢……"

"嗯。"

我看着黑住的脸,他的表情显得很镇定。

"我早就有心理准备了,因为我也这么觉得。"

我点点头。

"根本无法监禁三个月这么久,因为真理子一定会想办法逃脱的。"

"神社附近有可以挖洞藏尸的地方吗?"

"没有,神社四周都是水泥地。"

"会不会埋在神社建筑物下面?譬如地板下面,应该是泥地吧?"

"不是,下面都铺了石板。大块的石板紧密地铺在一起。"

"地板下面都铺了石板?"

"是的。如果有一块剥落了,马上就能看得出来。"

"会不会埋在神社四周的斜坡里呢?"

"你是说埋在山白竹林里?"

"是的。"

"也没有。警察找过了,我也看过了,都没有发现。我去竹林里找了好几天,但是什么也没找到。第二天警察还牵了狗来,连神社下面停着车的路上都找了。也不可能会藏在那里,如果有人挖洞埋尸体,马上就会被发现的。因为泥土和山白竹会变得乱七八糟。"

"没有变得乱七八糟吗?"

"完全没有,竹林里面很整洁,而且也根本没时间挖洞。先挖洞,再将一切恢复原状,根本没那个时间。"

"连铲子也很干净?"

"是的。"

"这样啊。"

我简直束手无策。这到底是为什么呢?为什么一个人会平白无故地失踪呢?

"你跟真理子小姐是三点五十三分分开的?"

"是的。"

"念祈祷词的时候,会敲太鼓吧?是神官自己敲的吗?"

"对的。"

"第一下鼓声是何时响起的?"

"我记得很快就听到鼓声了,应该是四点零五分左右。"

"五分?"

"对的,那时我听到了鼓声。"

"接下来呢?"

"接下来大概每隔十五分钟就敲一次鼓,到五点为止,一共敲了三次。"

"敲鼓的人只有菊川先生吗?"

"是的。"

"是因为敲鼓的方式很特殊吗?"

"对的,很特殊,只有神官才能敲出那样的鼓声。不是普通的'咚咚'声,信徒们都能听得出来。"

"那么,神官至多可以离开太鼓十五分钟?"

"是的。"

我沉默了一会儿,终于下定决心,说:

"我接下来要说的事可能有些骇人听闻,不过在国外确实曾经发生过这样的命案。"

"您请说。"

"凶手将尸体切成细小肉块、剁碎骨头,然后丢进厕所的马桶里冲走了。"

"我也听说过这种事情。"他马上回答道。

"什么?你也听说过?"

"因为警察也调查过了。最开始就用鲁米诺① 检查

---

① 鲁米诺,又名发光氨,是一种比较稳定的人工合成的有机化合物。对于在犯罪现场肉眼无法观察到的血液,鲁米诺试剂可以显现出极微量的血迹形态,主要用于现代刑侦的血液检测。

了马桶。"

"啊，这样啊。"

"血迹这种东西，无论怎么清洗，就算过了十年还是会有残留。警方不仅检查了马桶，还检查了浴室瓷砖、浴缸、洗碗池、洗脸台、走廊、卧室、厨房、储藏室，就连神殿和起居室的榻榻米上面，也全都用鲁米诺试剂检测过了。"

"原来如此。"

"不过什么都没检测出来，一点儿血迹也没有，连真理子家里也没有血迹。"

"嗯。"

"在地毯上发现了污渍，本以为是血迹，一检测才发现其实是咖啡渍。"

"这样啊。"

"后来，警察还带了警犬来，嗅遍了附近的山白竹林还有整个斜坡。"

"结果如何？"

"也没有发现任何痕迹。连尸臭味、腐烂的味道都没有。"

"这样啊……"我不知该说什么，只能这么回应道。

"其实，凶手根本就没有时间去分解尸体，更别说将骨头剁碎了。"

"嗯，确实。"

"那么，真理子到底是在哪里消失的呢？我真的想不通。简直像是被神怪藏起来了一样。"

"那么，就算找遍冲津宫……"

"也还是一点儿线索都没有。"黑住说，"已经找遍了所有的地方。神社跟一般的居民住宅不同，构造是很简单的。"

7

跟在座的各位知会一声后，我们便一同离席了。自龙尾馆后门来到游廊，发现这里虽有屋檐遮着，但毕竟是露天下，竹苇地板上还是积了一层厚厚的雪。雪势完全没有变弱的趋势，其猛烈程度已经达到顶峰。狂风呼啸，寒风掠过耳朵和脸颊，如刀割般刺痛。

我们注意到旁边的墙角处也有几把塑料铲子，将其从雪堆里拽出来，稍微清理了一下竹苇地板上的积雪——毕竟我们都穿着拖鞋，在雪上很难行走。通往中庭的石阶已经被大雪掩埋，石墙也变成了一片白色的雪壁。

一条悠长走廊自右蜿蜒而上，廊内右侧地面上也落了层积雪，我拿起横放在走廊墙边的竹笤帚，想将积雪扫掉，奈何走廊实在太长，根本扫不干净。看来有必要像以前一样，在走廊右侧装上玻璃窗才行。

每个房间都换上了板门。我先走进房里打开灯，然后招呼黑住进来。即使关上门，外面暴风雪的呼啸声依然清晰可闻，比起在客厅时听见的声音还要大些。在这种环境下恐怕难以安然入睡。不过好在地板下面铺设了温水管，房间里没有想象中那么冷。

我劝黑住最好还是打电话同家人说一声。这么大的雪，根本回不去。这里房间很多，寝具也够，育子她们想来也不会嫌弃，住上一晚总是没问题的。

于是他走进靠近门边的另一个小间，用手机联系家人。

在他打电话的时候，我走到窗前将窗户打开一点儿，向外望去，却是什么也看不见，只有一股强烈的冷气扑面而来。外面昏暗阴沉，飞雪连天，目光所及之处尽是皑皑白雪。前方本是一方宽广的水田，但现在已完全不见踪影，唯有沉入黑暗之中的白色平原。泼墨般的天空，白茫茫的辽阔大地，雪花在其间飞舞交融，龙卧亭之外，天地一片灰蒙。

"可以了。"黑住说着走了进来，看来他已经求得了家人的谅解。

我将窗户关紧，拉上窗帘，钻进电被炉里，按下开关，并让黑住坐到我的对面。旁边已经铺好了棉被，随时可以睡下。

"石冈老师。"

说着，他也钻进被炉里。外面的风雪声很大，但因为周围没有醉客们的嘈杂声，反而显得特别安静。我不禁怀疑，或许人声才是产生噪声的最主要因素吧？

"石冈老师是什么时候到这里的？"黑住问我。

"昨天。"我回答。

"自从上次的龙卧亭杀人事件之后，您就再没来过了吧？"他又问我。

"是的。"我回答。

"那时候的我还是个孩子呢！"

听他这么说，我很惊讶。

"啊，是吗？那你现在多大了？"

"十九岁。"

"十九岁啊，真的很年轻……真理子小姐呢？"

"她跟我同龄，也是十九岁。"

"啊，这样啊！"

这两人都正值青春年华，然而其中一个却突然就这么消失不见了。

"自从看过那本书之后，我就成为了石冈老师的书迷。您的书写得很深奥呢。"

"啊，是吗？"我有点儿惊讶，没想到我的书会得到这样的评价。

"是的，对我来说挺深奥的。"

"但我构思的故事并没有很复杂……"我说道。

"啊，是吗？"

"嗯。对了，刚刚在会客厅的时候，你说真理子小姐家中的情况不方便在那里讨论，是吧？"

"是的。"说完，黑住再次沉默了。莫非是相当难以启齿的事吗？

"在这里也不能说吗？"

"啊，不是的。"

"可以告诉我吗？"

"可以。但，总感觉好像在说别人的坏话一样。"

"是呢，确实不太好开口。"

"对的。"

"真理子小姐的母亲，是已经去世了吗？"

"不是的。"

"还在人世？"

"是的。"

"她现在人在哪里？是什么样的人呢？"

黑住顿了几秒，开口说道：

"刚刚，她也在那里。"

"什么？"我大吃一惊。

"在会客厅里？"

"是的，和我们一起用了餐。"

"那么……"

"她就是櫂女士，齐藤櫂女士。"

"櫂女士是真理子的母亲？"

"是的，听说是这样。"

"确定消息可靠吗？"

"千真万确，不仅真理子这么说，大家也都这么说。"

"连你的双亲也知道？"

"是的，他们都知道。"

"櫂女士是在哪里生下真理子小姐的呢？应该不是在现在的真理子家吧？"

"不，就是在那里，在大濑家。"

"那么，櫂女士是嫁到了大濑家？"

"不是。"

"真理子小姐的爷爷和奶奶是櫂女士的父母吗？"

"也不是。"

"那到底是……？"

"櫂女士本住在津山郊区，具体地名我记不清了，总之也算是农家子弟。可是，她后来被送到贝繁村给别人当养女了。"

"啊，原来如此。"

"收养她的就是大濑家。大濑家中无儿无女，就这样将櫂女士一路抚养长大。"

"哦，成为了大濑家的女儿。那她以前是叫大濑櫂吧？"

"是的……不对，她住在大濑家的时候，叫大濑喜子。被送去当养女之前的名字是櫂，不过似乎大濑家不太喜欢这个名字，就帮她取了新的。"

"咦，她的亲生父母连名字都给她起好了，却又把孩子送给了别人？"

"没错。"

"这是为什么呢？"

"因为她是被野兽附身的婴儿。"

第一章 第一具尸体

"野兽？被附身？婴儿被野兽附身？"

"是的。"

"这么说，櫂女士被野兽附身了？"

"櫂女士和她的生母都被附身了，所以才会被送走。"

"被野兽附身是什么样的状态呢？"

"这个嘛，我也不是很清楚。"

"全身长毛之类的？"

"有可能吧。所以当时先去神社给她驱了邪，才送去大濑家的。"

"驱邪……"

"因为她被野兽附了身，所以要将它驱除。"

"意思是被诅咒了吗？"

"是的。"

"是櫂女士自己被诅咒了吗？"

"有可能是她自己，也有可能是整个家族。所以生下来的孩子无法拥有美好的人生……"

"听起来有些残酷啊……"

"櫂女士遭遇了太多的不幸，还被大家瞧不起。这附近过去经常发生这种匪夷所思的事。"

"全身长毛的话，可能是返祖现象吧。"

"没错。然而，在那之后没多久，櫂女士的亲生父母就双双亡故、家族破灭了。"

"哦。"

"櫂女士家原本是备中藩的武士家族，是刽子手世家。有人说，正因如此他们家族才会被诅咒。"

"嗯，然后呢？"

"大濑家一直想要个男孩，但是一般农家不会把男孩送人当养子，因此只好收养了櫂女士。"

"嗯。"

"然后，櫂女士满二十岁的时候，大濑家又收了一个养子，叫登米先生，他就是真理子的父亲。这个人体质不好，几乎无法下田干活，但櫂女士很喜欢他，全心全意地待他好。听我母亲说，登米先生长得可谓一表人才。"

"嗯。"

"两人结婚多年却膝下无子。十多年后才终于生下一女，也就是真理子。"

"这样啊。"

"然而，岳父待他很不好，登米先生终于难以忍受，离家出走了……"

"抛弃妻子离家出走？"

"是的。"

"后来呢？"

"后来，櫂女士也离开家去寻找他了，把真理子丢在家里。"

"什么？母亲丢下了孩子离家出走？"

"是的，我也不明白为什么会这样。人们都说是登米先生教唆她这么做的。街坊邻居好像经常在背后说檡女士的坏话。"

"毕竟做出弃子离家这种事，人们难免多有微词呢。那时候，真理子小姐还很小吧？"

"那时她还只是个婴儿，由爷爷奶奶带大，没有喝过母乳。"

"后来，檡女士怎么样了呢？"

"听说跟别人结婚了。"

"哎，没有和登米先生在一起吗？"

"不是，是跟另一个男人结婚了，好像是新见市人氏。檡女士还曾跑回大濑家哭着道歉，要带走真理子，但不仅没有得到原谅，还被从家里赶了出来。"

"嗯，所以她没有继续抚养真理子小姐？"

"是的。"

"原来如此。那她为什么现在又回到这里生活了呢？"

"她被第二任丈夫抛弃了，所以就回到这附近的山里找了个旧房子住，一个人孤零零地生活着。"

"她被丈夫抛弃了？"

"是的。"

"孩子呢？"

"没有生小孩。"

"嗯……她也无法回到大濑家。"

"没错，她确实回不去。"

"那她靠什么谋生呢?"

"到各家打零工,做些家务事。她自家院子里也有些薄田。"

"这样啊……真是辛苦。"

"不过听说,日照先生很照顾她,常常送她些吃食,所以她常去寺里帮忙。最常去的工作地点也是法仙寺。"

"嗯。那么,真理子小姐和櫂女士关系如何呢?"

"她们关系很不好,真理子相当瞧不起櫂女士,在路上遇见了也扭头就走。"

"啊,这样啊。"

"不过,櫂女士还是经常送很多东西给真理子,但全都被真理子退回去了。"

"当面送吗?"

"不,是邮寄。"

"这样啊……"我抱着胳膊,陷入沉思之中。

我一方面觉得事情看似合情合理,另一方面又浮现出许多疑问。

"真理子小姐的爷爷奶奶,年纪已经很大了吧?"

"是的。"

"那农田怎么办?全是真理子小姐一个人打理吗?"

"不,真理子自己做不来的,是把田地租给别人耕种,收取租金。所以如果我和她在一起的话,我家的田和真理子家的田都可以由我一个人来耕作了。"

"啊,是啊,那真是帮了真理子小姐家一个大忙。"

"没错。租给别人耕种的话，付给别人委托金之后就剩不了多少钱了。而且真理子家的田不太好耕种，很多地方需自掏腰包打理，往往到了最后还不得不找别人借钱，所以只能勉强维持生活。"

"这样啊？那全家的生计就落在真理子小姐一个人身上了？"

"是的。"

"你一个人耕两家的田地，能应付得过来吗？"

"没问题的，现在都是机器耕作。可能在征得法人组织那边的允许时会麻烦一些。不过我母亲担心我会荒废自家的田地，一直持反对态度。"

"嗯。"我说，"原来是这么一回事。"

我大概捋清事情的来龙去脉了。

"真理子小姐只靠自己的收入，就能应付家里的开销吗？"

"是的。"

"就只靠她当巫女的薪水？你刚刚说这份工作和打工差不多……"

"是的。"

说完，黑住神色忧虑地看着我，又陷入了沉默。过了一会儿，才再次开口说道：

"菊川，付给她很高的薪水。"

"喔……"

听到这里，我再次心生疑窦。一个十九岁的小姑娘，菊川神官为何要付给她那么高的打工费呢？

"我并非想一棒子打死所有神职人员，毕竟神官中还有像二子山先生那样的好人。但菊川就是个不折不扣的老骗子，不是什么好人。"黑住说。

"这样吗？"

"他在信徒当中的风评很好，因为他对身边的每个人都很亲切，做事也勤勤恳恳，还巧言令色、工于逢迎。但本质上他是个佛口蛇心之徒，真理子常说，村里很多人都被他欺压过。"

"真理子小姐为什么会这么说呢？"

黑住再度陷入沉默。只听得外面的猎猎风声。

"难道真理子小姐遇到过什么危险吗？"

"菊川一直在追求真理子。但因为对方是神官，真理子无法向其他人诉苦，为此一直很烦恼。"

"他追求真理子小姐？可是，真理子小姐才十九岁啊！"

"是啊！"

"菊川神主他……"

"他已经五十三岁了。"

我张口结舌，说不出话来。

"五十三岁……"我不禁对真理子倍感同情。

"是的。"

"所谓的追求，指的是……"

"他想让真理子当他的情人，为此真理子一直很困扰。"

一个五十三岁的男人，独居在荒无人烟的山里，所以时常会感到寂寞吗？

"真理子小姐有想过辞去巫女的工作吗？"

"她当然想过，但是家里太穷了，如果辞去工作，全家都会活不下去。对于这一点菊川心知肚明，所以总威胁她说，如果辞职的话，家里的生活就会陷入困境，并以此逼迫真理子跟他交往。"

"原来是这样啊？唉……"我不由得感到很难过。

"菊川生活很寂寞吗？一个人住在那种僻静的地方。"

"他才不会呢！这个人处处留情，风流得很。"黑住说。

"什么？还有这种事？"这么说来，菊川很有女人缘了？

"还有，听说他暗地里在做高利贷的生意，好像赚了不少钱呢。"

"高利贷？身为神职人员，可以做这种事吗？"

"虽然这不是什么光彩的事，不过似乎并没有人管。他还定期给大社缴纳钱款，一直都没出过什么差错。大社那边，本来好像是要派别人来接管神社的，因为有关菊川的闲言碎语实在太多了。但没有人愿意到深山里工作，菊川也别无去处，所以只好让他留下来了。况且，菊川一个人就能把神社的事务打理得井井有条。"

"不过，要成为神官不是挺困难的吗？要经过专门的修行、锻炼后才能当上吧？"

"别开玩笑了，菊川怎么可能做到这些。听说他以前只是大分县的一个樵夫。生得一副黑黑瘦瘦的穷酸相，根本不是当神官的料。"

"哦。"

"他是无法谋生才不得不跑到那座深山神社去的，之后就当了神官。神社以前没有人住。至于他过去是干什么的，我并不是很清楚。"

"也就是说，黑住先生，你的意思是……"

"是的。"

我打算经过深思熟虑之后，再发表自己的想法，所以我暂且沉默着，静静聆听着外面的风声。

过了一会儿，我缓缓开口道："你是不是认为，是菊川神官杀害了大濑真理子小姐？"

黑住立刻回答道："是的，没错。除了他还会有谁呢？我恨不得想法子把他绑起来，逼问他到底对真理子做了什么。"

说完，黑住盯着我看，他那双大眼睛泛起了泪光。

"也就是说，是菊川先生杀了真理子小姐？"

"没错。"

"菊川神主说新尝祭当天下午四点，在通往神殿的走廊跟真理子分手后，就再没有见到过真理子，但其实并非如此……"

"怎么可能呢？他一定是在撒谎。在那之后真理子做了什么、怎么样了，他肯定全都知道，这是毋庸置疑的事实。一定是他害了真理子，真理子曾经也对我说过。"

"她说了什么？"

"她说，她可能会被人杀害。如果她不见了，一定就是菊川干的。她认为菊川会害了她。"

"嗯。"安静下来之后，耳畔又传来呼啸的风声。可能因为风声变得越来越大了，所以我到现在都还没有习惯这种嘈杂的感觉。走廊的窗户被风吹得吱呀摇晃着。

"所以，真理子她……"

黑住正要继续说下去时，走廊上突然有人高声呼喊着："老师！"

"我在！"我回答道。

那人又问："我可以进来吗？"

是里美的声音。

"啊，当然可以！"

说完，里美推开门，施施然走进来，钻进了被炉里。

她问黑住："你们聊完了吗？"

"聊完了。"他回答。

"发生什么事了吗？"我问里美。

"没什么。只是洗澡水准备好了，想请您去洗澡，还有……"

"嗯，还有？"

"还有，二子山先生现在心情很不好，他说他的遗传过敏性皮炎加重了。"

"遗传过敏性皮炎？"

"是的，他的手上长了一颗疣，是遗传过敏性皮炎导致的。他吵着说症状变严重了。"

"为什么会变严重？"

"说是因为压力太大。貌似他太太对他说了些什么，导致他现在心情很不好，一言不发的。他还说明天要去跟冲津宫的神官打个招呼。"

"这又是为什么？"

"为了串通好不能回家的理由吧！"

"原来如此。可是，雪下得这么大，哪里都去不了吧？更何况是大岐岛山。"

"听说铲雪车会来铲雪。"

"铲雪车？"

"对，是津山市公所的铲雪车。这里不是有法仙寺和大岐岛神社吗？有很多人都需要走这条路，所以市公所说明天就会派铲雪车来，还有通往学校的路，也都需要铲雪。"

"这么说来，二子山先生明天就可以去大岐岛神社了。对了，里美。"

"怎么了，石冈老师？"

"嗯……里美啊，你这不是马上就要做律师了吗？

到时候你我互相尊称'石冈老师'和'犬坊老师',听起来好像有点奇怪吧?"

"啊,有吗?"

"会有一种'老师'这个身份不太值钱的样子。"

"但我也会喊二子山先生和日照先生为'老师'呢,这也没什么不好的吧?"

"是这样吗?"

"如果再把那位乡土史学家上山先生也叫来的话,咱们这儿就又多了一位'老师'。"

"在龙卧亭上方扔下一块石头,不知道会砸中多少'老师'。不过是个称呼罢了,不用在意。"

"没错,'老师'这个称呼本来就没什么意思。对了,石冈老师,你有事要问我吗?"

"你知道大岐岛神社的事吧?就是他的女朋友失踪的那件事。"

"嗯,我听说过。"

"对此你有何看法?"

"我?"

"你未来可能会经手刑事案件吧?想问问你的看法。"

"是的。不过,我们作为律师,只需考虑案子的审理喔。毕竟到目前为止既没有被告,也不存在诉因。"

"可是,大濑真理子小姐为什么会凭空失踪呢?"

"这种事情我也想不通。"

"你也想不通?"

"是的,法律与这件事……"

"扯不上关系?"

"对的。"

"那么假如你现在是检察官呢?你会怎么做?能起诉菊川神官吗?"

"不能。找不到尸体,也没人去自首。没有任何物证,当事人也否认了。"

"这样啊。那就无法逮捕他了……"

"那该怎么办才好呢,石冈老师?"黑住问我。

"嗯,我想去泡个澡。"我岔开了话题,黑住看起来有些消沉。

"我带您过去吧!"里美站了起来,我有些惊讶。

"为什么要带路?不是以前那个浴池吗?我知道怎么走的。"

"因为,母亲说男浴池的更衣室墙上有一幅很稀有的油画作品。"

"稀有的画?"

"是的,母亲说那可能是都井睦雄的作品,想邀请石冈老师过去鉴赏一下,好像是今天才挂上的,请您去看一眼吧。"

"嗯,是什么样的画作呢?"

"您去看看就知道了。我们一起去吧。"

"那我拿一下毛巾和换洗衣物。你也一起吧?"我邀请黑住一同前往。

"我没有带毛巾。"

"啊,我们这里有现成的。浴巾啊、擦身体的毛巾应有尽有,还有肥皂和洗发水。请放心去吧!"

"真的可以吗?那……"说完,黑住也站了起来。

来到走廊,外面依然是狂风暴雪。我们三人走在通往浴池的路上,我不由得拔高声音说:"这雪下得可真大啊!"

"确实!"

"再这么下去的话,明天早上走廊一定会被积雪掩埋,必须得铲雪才行。现在积雪都已经高过走廊了。"

"是的呢。啊对了,黑住先生,母亲让您今晚就住在'龟甲间'。"

"啊,好的,谢谢你。"

"这条走廊的下面也有石阶吗?"我问。

"是的。"里美回答。

"我之前都不知道。靠近庭院这一边应该装上窗户才好,雪都飘进来了。"

"是呢,母亲之前也说过。"

"不然走廊的地板会损坏的。"

"没错,可是装窗户得花不少钱。"

"确实。对了,你刚刚说二子山先生明天会去拜访大岐岛神社的菊川神官?"

"没错,如果铲雪车来的话,他就会过去。"

"没有铲雪车的话,那路根本就没法走。"

"是的。"

"我可以一同前去吗?"

"什么?石冈老师您也要去?"

"是的,我想去见见那位菊川先生。不可以吗?"

"嗯……"里美思索着。

"有困难吗?"

"倒也不是,只不过……"

"我也想去,可以吗?"黑住说。

"你还是别去比较好。菊川先生应该知道你跟真理子小姐的关系吧?"我说。

"是的,他知道。"黑住说。

"你去的话,他可能什么都不会说了。"

"你说得对,那我就不去了……"

"那,我和你们一起去好了。"里美开口道。

"你要去?"我很惊讶,

"你已经通过司法考试了,如果你去的话,他一定会对我们有所戒备,毕竟他可能就是凶手啊。"

"只要不告诉他我通过了司法考试不就行了。目前只有旅馆里的人知道,况且二子山先生和他的关系也不是很好。"

"啊,这样吗?"

"因为他们是不同流派的。"

"原来如此。那他跟日照先生的关系如何呢?"

"他俩关系更差,简直水火不容、相看两生厌。所以如果我去的话，能让气氛缓和一些。那个菊川先生好像有点儿喜好女色，我去的话应该能问出点儿什么。"

"这样啊，那就麻烦你了。"

说着说着，我们来到了更衣室。拉开拉门，里面是一片狭窄的空间，挂着布帘，布帘后面还有一个拉门，打开之后就进入了更衣室。之所以装两个门，可能是怕暖气流失吧？

"里面没人？"

"目前没有其他人在。"里美说着，和我们一起走了进来。

"你看，就是这幅画。"里美手指墙壁，上面挂着一幅暗色调的油画。

"啊，就是它啊。"

那幅画风格朴素，画工算不上精细，让人联想到颇具古典风味的卷轴画。更衣室光线很暗，使得画面看起来更加阴沉了。

"啊，这个，难道是……"

"没错，我在想，这画中的人是否就是森孝老爷呢？"里美点点头说道。

画面上是一名身穿铠甲的武士，手中长刀出鞘，站在樱花树旁。身后是一片树丛，看起来像是在森林里面。武士身前，一名全身赤裸的男子跪在地上。

"这个人就是芳雄吧？画的是森孝老爷正要挥刀砍他的时候。"我说。

"是的。"黑住点头道。

"你也知道这个故事吗?"

"是的,我知道。"

"你是第一次看到这幅画吗?"

"是的,第一次。"

"这是睦雄的作品?"我问里美。

"大家都说应该是他画的。"

"如果是真的,那这幅画就很有价值了。应该是睦雄在出事前①画的吧。很有历史价值,可以送去博物馆收藏了。"

"确实,如果真是这样的话。"

"不过没有签名,如果他在右下角签了名就好了。不过,你们怎么会有这幅画呢?"

"听说是樽元先生在某处得到的。"

"这样啊。但如果真是那样的话,睦雄命案很可能就是森孝老爷事件的翻版,他竟然把当时的情景画了下来。"

"是的呢。"

"对于研究人员来说相当贵重了。不过,总觉得它好像哪里怪怪的。"我说。

"怪怪的?"

"你看,这幅画只占了画纸的上半部分,下半部分

---

① 详见系列前作《龙卧亭事件:贝繁村谜团》《龙卧亭事件:隐秘的角落》。

则全部涂成了茶色。"正因为这种细长的构图,我刚刚才会觉得它像卷轴画。

"为什么要这样呢?明明下面也可以用来画吧。"

"就是说嘛!"

"将画挂在这里,不怕损坏吗?这里水汽那么重。"

"嗯,不能挂在这里吗?"

"如果真的是睦雄的作品,最好挂在龙尾馆,这样比较安全。"我提议。

"可是,这是油画吧?就算弄湿了应该也没关系吧?"

"是吗?这方面我不是很了解,我没有学过油画专业。"我说。

"啊,这样啊。"里美说。

森孝魔王（一）

1

住在杉树林中的农夫留吉，守着祖先代代传下来的田地过活。听说他的祖先本是个流浪汉，所以分得的土地位置不好，在半山腰的贫瘠之处。因此，他每天必须在杉木林立的山路上跋涉许久才能到达田地。

即便如此，留吉每天都不辞辛苦地上山耕作，全年无休。有一天，他在林中撞见一只即将进入冬眠期、性情狂躁的大熊，大熊咬伤了他的右小腿肚。留吉拼命挣扎才得以逃脱，连滚带爬地回了家。虽然保住了一条命，但暂时行动不便，无法上山耕田，所以部分田地就渐渐荒芜了。

当年，关森孝将自己的侧室许配给村里百姓时，便会赐姓"犬坊"，留吉的妻子阿由就是其中一家的后人，有着村里第一美人之称。阿由不仅貌美，还很有才干，留吉无法上山耕田的时候，她便时常替他去耕作，晚上回家还编草鞋用来卖钱，毫无怨言、勤勤恳恳，勉强维持全家的生计。

留吉和阿由有一独生女，名叫阿春。随着年龄的增长,阿春变得愈发像她母亲一样美丽,既聪颖又温和,常常帮母亲编草鞋,也很懂得孝敬父亲,经常悉心照料他。

虽然被熊咬伤的地方已基本痊愈,但留吉却因为这次受伤大病一场,再也无法恢复到从前的状态,就连走到山间的田地都十分勉强。每每耕作一小会儿就筋疲力尽,无法继续下去,只好坐在田埂上休息很长时间,等体力恢复了再接着耕作。甚至于一整天下来,连走回家的力气都没有了,只好睡在田边树下,或者等阿由来接他,然后扶着阿由的肩膀慢慢走回去。

除了阿由,有时阿春也会一起来田里帮忙。因此虽然留吉无法干活,日子艰难,但因为有这样既貌美又能干的妻女,村里的人都很羡慕他,说他这是几辈子修来的好福气。

然而,农田的收成根本不够缴纳年贡米,而留吉又是个从不花天酒地的老实人,不会想到要去跟人借钱,但因为他的病需要花费高昂的医药费,加上女儿阿春也大了,该为她准备一套像样点儿的和服,于是不得不去向别人借钱,欠下的钱越来越多。留吉每天都很焦虑,他知道,如果不去工作的话,就无法还清债务,但他的身体不允许他出去工作,只好整天在家里睡觉,或是到处闲逛。久而久之,村里的人开始议论纷纷,都说留吉成了个懒汉。

没办法,阿由只好到处奔走,借钱度日,但村民们也都和他们家一样贫穷，根本借不到多少钱。某日，有一位名叫冈田弦左卫门的代官①派人来到留吉家，传话说叫阿由到他的代官所工作，还命令阿由隔天就要去上班，至于薪水方面，会看她的工作状况，随时加薪。

阿由听说后自然喜不自胜，第二天便如约前往代官所。本来她以为是做些女佣的工作，但因为人手够了，没有多余的工作可以分配给她，弦左卫门便让阿由待在身边，负责服侍他。没想到夫人竟勃然大怒，下令将阿由关在仓库里，说她是个引诱自己的丈夫的荡妇，对她又打又骂。弦左卫门跑去替她求情，却给她招致了更为严酷的责打。

隔天，阿由被解雇回家，身体受伤严重，需卧病在床，很长一段时间无法工作。这期间，阿春虽然拼命地工作，但她毕竟是个孩子，根本应付不了那么多工作，只好任由田地荒废，家事也是一团乱麻。

不久之后，就到了收获的秋天，家家户户都要缴米纳贡，可是因为之前的遭遇，留吉和阿由根本拿不出足量的米来。虽然那时候阿由已经可以下床做事，但是留吉依旧卧床不起。于是村公所派了好几个人来，将房间里的地板全部掀掉，还拆了储藏室的门，检查他们有没有把米藏起来。对于这样残暴的行为，留吉和阿由都吓呆了，毫无反抗之力。

---

① 代官，江户时期基层管理者的统称。

没多久，留吉夫妇就被税务官叫去了。两人跪在税务官府邸的院子里，弦左卫门凶神恶煞地走了出来，旁边跟着几名随从。弦左卫门站在外廊下，对他们怒目而视，开口责骂道：

"混蛋留吉，你为什么偷懒不耕种！"

夫妻俩赶紧将额头紧紧贴在地面，样子显得格外卑微。

"大家都说你整天待在家里睡大觉，所有的工作都交给妻子做，你怎么可以这么懒惰呢？听说你得了重病，依我看，是得了懒病吧！"弦左卫门大声指责道。

"为什么你不能像大家一样努力工作，为什么会缴不起税？"

眼看弦左卫门越来越生气，留吉赶紧为自己辩解道：

"我绝对不是想偷懒，我也很想去工作，但是身体实在不允许。"

听留吉这么说，税务官问他："你的脚不能动？"

"是的。"留吉回答。

"这种借口我听得多了，每个人都会找这样的理由。如果我因此饶过你，以后大家都不会努力工作了。谁没有病痛？谁没有不如意的时候？但是别人都会咬紧牙关拼命努力，你明白吗？"税务官大声斥责着。

"税务官大人，外子的脚真的很不好。他以前每天都出远门到山腰的田地耕种，但是有一天被大熊咬伤脚,他的身体就此虚弱起来。他也很想上山工作,但实在是动不了,绝对没有偷懒的意思。"阿由跪在地上,拼命地为自己的丈夫辩解。

"住口!我没有问你!"税务官大吼一声。

"你说田地离家太远?你在说什么梦话?每户人家的田地都一样,但从未有人跟我抱怨过!"

说完,他慢慢地走到院子里,在跪着的两人身边来回踱步,然后压低嗓门说:

"留吉,你一点儿都不像个男人,帮你工作的是女人,现在还要女人帮你求情吗?"

弦左卫门从腰间拔出刀,用刀鞘压着留吉的头。

留吉吓坏了,赶紧连声道歉,身子缩成一团,看起来更显渺小。

"你这个吃软饭的混蛋!赶快给我缴米纳贡!不纳贡的人和盗贼没什么两样。纳贡的米是公家的东西,不是你的,明白吗?"

"是!"

"私藏贡米,是要被关进监牢,然后被判罪流放外岛的。"

"请您饶了我们吧!"阿由赶紧讨饶,"流放外岛一事,还请您高抬贵手!"

"阿由,如果没有这个男人,你会觉得困扰吗?"代官问她。

"是的。"阿由犹豫了一下,回答道。

"没有男人在你身旁,晚上会寂寞吗?"

想不到他竟会问出这种问题,阿由不知该如何回答才好。

"这种窝囊废到底哪里好?"弦左卫门大吼着,"回答我,阿由!这种男人哪里好?"

"他是我的丈夫,我女儿的父亲,如果没有他的话,我们的生活就会陷入困境。"

听阿由这么回答,弦左卫门更是火冒三丈。

"你是笨蛋吗?你仔细想想,这种自甘堕落的男人,怎能让你过上好的生活?都是因为他不工作,才会害你今天要陪他跪在这里求饶啊,难道你不明白吗?"

弦左卫门如此分析道,接着又问她:

"你爱他吗?"

被这么一问,阿由更不知该如何回答才好。她心知肚明代官对自己的爱慕之心,回答稍有不慎,可能会更加惹恼他。但是,她绝对不会背叛自己的丈夫。

"夫妻要遵守婚约誓言,服侍丈夫是妻子应尽的义务……"

她这样回答道,果不其然,代官勃然大怒。

"我是问你,爱不爱他!"

阿由沉默不语。

"怎么样?你爱他吗?"

没办法,阿由只好回答:"是的,我爱他。"

她这么说,弦左卫门更加恼怒了。

"我不知道他到底有什么值得你喜欢的,不过我会让你知道,他根本不值得!"

说完,弦左卫门转向留吉,怒气冲冲地质问道:"留吉,你的腿有问题吗?"

"是的。"留吉回答。

弦左卫门又说:"站起来!让我看看到底是哪里有问题。"

留吉只好扶着阿由的肩膀,艰难地站了起来。

"哼,摇摇晃晃的,你以为你在表演猴戏吗?!"弦左卫门怒吼着,"你这个蠢货!别想着能骗过我的眼睛,给我站好了!"

留吉拼尽全力才终于得以站稳。

"你这不是能站起来嘛!"代官又说道,"你的脚都这样了,那你是如何走到这里来的?"

"我扶着阿由的肩膀,花了很长的时间才走到这里的。"留吉回答。

"阿由!阿由!真是烦人的家伙!这个妻子就这么让你自豪吗?!"

听到弦左卫门这么问,留吉犹豫了一下,然后回答道:"她是个顶好的妻子,是我配不上她!"

如此真诚的回答,令弦左卫门气得满脸通红。

"我也听说了。大家都说你以自己的老婆为荣,说她是全村最棒的妻子,你每天都很洋洋自得地跟村里人说,能让老婆为你做到这个地步,自己真是个了不起的人。你这个混蛋，区区一介农夫，竟如此嚣张跋扈！"

留吉惶恐地抬起头。

"我没有嚣张，并且我是真的很努力地在工作，我知道大家都很嫉妒我，所以才会编造这样的谣言。"

"你说什么！"弦左卫门大为光火，脸也变得更红了。

"你是想把错误推卸给别人吗？你这个白痴！难道就不好好反省一下自己吗？"

弦左卫门恶狠狠地瞪着留吉。

"留吉，你有好好反省吗？"

"是的，我在反省。"

"不要再找借口了，你根本就没个男人样！别人嫉妒你？少自恋了！谁会嫉妒像你这样低贱的人呢？总之，别再狡辩了，赶快给我纳贡！"

"好，明年一定会纳贡，连今年的份一起算。"

"我让你现在马上就纳贡！"

"今年……没办法。"留吉说。

"为什么？"

"……因为我的腿动不了。"

"哪条腿？"

"右腿。"

"这条吗？那么，这条腿就没有留着的必要了！"

弦左卫门大吼一声拔出刀，抵着留吉的右腿膝盖处，手起刀落，砍断了他的右腿。

留吉哀号着摔倒在地上，痛得使劲儿在地上打滚，哭喊着。伤口处喷溅出大量血液。

弦左卫门从怀里取出纸，慢吞吞地擦拭干净刀上的血，然后利落地收刀入鞘。这时，站在一旁的家臣们，都不由得啧啧赞叹，争相开口奉承起代官来。

"太厉害了！"

"哎呀呀，好强的身手，从未见过如此精湛的刀法！"

"能亲眼看见真是荣幸啊！"

弦左卫门登上走廊，对着站在下面的家臣们训话道：

"站在这里的每个人，都给我好好记住了。身为长官，有时就是需要有这样的气魄与勇气。大家都咬紧牙关地努力工作，不能容下任何一个偷懒的害群之马。若长官对此网开一面，那么大家就会有样学样，都不再勤奋工作了。这样一来，国家如何富强呢！"

"遵命！"

"您说得没错！"

"哎呀，真是好一番高见啊！"

"市井小民，为了贪些小便宜，就会编造各种理由来蒙骗长官。对此长官需眼光敏锐，能洞察人心才行。如果长官不严格一点儿，下面的人就会变得怠惰。为了杜绝这种行为，决不能心慈手软。"

"是！"

"您的这番话，我们会铭记在心。"

弦左卫门又走到院子里，对着血流不止的留吉还有阿由大吼："快滚回去处理伤口吧！"

由于留吉一直在痛苦哀号，弦左卫门不得不扯着嗓子才能让他们听到自己的声音。

"砍了这条腿，你就不用被流放到外岛了，这可是我赐予你们的特别恩惠，还不快好好感谢我！"

阿由赶紧连声道谢。

"留吉，别再让女人外出干活了，给我自己好好干！这是身为农民应尽的义务，不是吗？别因为妻子对你顺从了点儿就自以为了不起，你这蠢货！不过是个普通农民罢了，没什么了不起的。

还有，阿由，在这个时代每个人都在很辛苦地工作，任何人都不可为所欲为。你们两个人，都给我好好反省反省罢！"

说完，弦左卫门便风风火火地转身进屋，隐入房间深处。

2

阿由拼尽全力，才将满身是血、痛苦不堪的丈夫拖了出去。刚好住在附近的村民经过，阿由便大声哭喊求救，那个人很同情他们，就跑到朋友家里借来了推车，总算将留吉运回家里。

自那天起，留吉连续发了十几天的高烧，昼夜痛苦难安。妻子和女儿不眠不休地照顾他,但无论喂他吃什么东西,都立刻被吐出来。此外,因为出血过多,留吉的身体变得非常虚弱,精神状态也变差了,只能发出梦呓般的声音,无法正常与他人交流。后来脚伤虽然痊愈了,但依旧无法下床如厕,只能每天卧床不起。

弦左卫门得知留吉的情况以后,立刻派人将留吉的田地收回去,分配给了另一位年轻力壮的农民耕种。后来弦左卫门还将房子也收了回去,在自己的府邸旁盖了一间小屋,命阿由和她的家人都搬过去住。

另外,弦左卫门又命人盖了一间连窗户都没有的简陋小屋,叫留吉一个人住进去,命令他不准踏出房门半步,并告诉所有人说留吉得了传染病,如果和他住在一起,就会被传染。之后,弦左卫门每个月都会给阿由生活费,命令她同自己一起住。

面对伤心欲绝的阿由,弦左卫门也曾让她离开村子,随便到哪里去都可以。阿由当然也认真想过这件事,但是经过日夜反复思考后,她还是决定放弃。因为她实在不知道,她和阿春孤儿寡母的该如何过活。她也不忍心就这么抛下生病的丈夫。最后,阿由只好接受了弦左卫门的照顾,不久之后就成了他的侧室。

弦左卫门非常宠爱阿由,但凡得到什么奇珍异宝或美味珍馐,他都会派人给她也送去一些。

而留吉的病情则每况愈下,瘦成了皮包骨头,精神状态很差,说话也含混不清。整个人老态龙钟,鬓发苍苍，活像一具趴伏在床上的活尸。不过，阿春还是会经常过去照顾自己的父亲，并无嫌弃之心。

阿春已经十七岁了，容貌比起母亲阿由更为娇艳动人，有些性急的，都已经去上门提亲了。阿春生得实在漂亮，走在路上都会引得路人回头注目。如果她跟阿由一起参加祭典活动的话，她们二人必定会成为全场的焦点。不过阿春很担心母亲和卧病在床的父亲，便坚持说要等到二十岁才会考虑嫁人。

好色的弦左卫门自然不会放过如此美丽的阿春，他说，希望能在阿春出嫁之前，同她行一次床帏之事。阿由什么事都可以顺着他，唯独这件事是绝对不行的。她哭着抵抗，却被弦左卫门严刑拷打，还被关在了小屋的储藏室里。

在那之后，每当阿春去探望留吉时，虽然留吉已经精神不济，但他好像知道发生了什么事。泪水簌簌流下，滑过他那虚弱瘦削、形同骸骨、苍白如纸的脸颊。他已经无法言语，只能默默哭泣。

那段时间，每到傍晚时分，阿春都一定会到离家不远的"森孝老爷"神社去，虔诚地双手合十向森孝老爷祈祷，祈求森孝老爷能够救救她的双亲。她就这样苦苦祈求着，直到夕阳西下。

每天一到傍晚，弦左卫门结束了代官所的工作后，在回家之前的这段自由时间，他都会来阿由这里，让她侍奉自己喝酒。每当此时，阿春就必须逃出去，这是母亲阿由对她的嘱咐。只要看不到阿春，阿由就可以独自应付弦左卫门，转移他的注意力。一旦让弦左卫门见到阿春，他就会像发狂的野兽那般，拼命想要占有她。只要阿由稍加阻拦，他就会对阿由拳打脚踢。

即使是在晚上，如果阿春回家早，弦左卫门尚未离开，她就只好再逃出去，否则弦左卫门就会对她毛手毛脚。当弦左卫门想要追上逃跑的阿春时，阿由就会拼命拉住他，恼羞成怒的弦左卫门便对她拳脚相加。阿春不想看到这种情况发生，只好一直待在法仙寺或后面的"森孝老爷"神社，祈祷完之后，便坐在石头上出神地望着太阳落山，或坐在杉树桩上看书。等到三更半夜弦左卫门回到他自己家后，她再回去。

这样的生活日复一日地持续下去。不知不觉，冬天来临了，在某个积雪清晨时分，长期卧病在床的留吉终于撒手人寰。代官叫两位长工送来一个非常破旧的大木桶，命他们将留吉的遗体放进去，因为如果摆在外面不管，遗体很快就会变得僵硬。于是两位长工就在漫天飞雪中，用竹竿架起木桶，将留吉的遗体抬到了法仙寺。

因为弦左卫门没有跟过来，所以阿春也同母亲一起送父亲最后一程。母女二人哭天抹泪地跟在木桶后面，踏着雪一路走到法仙寺，听和尚为留吉诵经。在阿春心中，留吉是位温和慈祥的父亲，他很爱母亲，也很爱自己。自记事起，自己从未被父亲斥责过。一想到他凄惨的晚年生活，阿春就忍不住落下眼泪。

因为当天的风雪太大，隔天才能埋葬，母女两人只好先回了家。天色渐晚，母女二人坐在地炉边相拥而泣。这时，玄关门突然被粗暴地拉开，只见满身酒气的弦左卫门大大咧咧地闯进来，一进门就破口大骂道：

"你们俩！是因为埋怨我才哭成这样的吗？你觉得是我杀了你老子吗？"

"不，不是那样的……"

阿由赶紧开口道。

"阿春，你是这样认为的吗？"

说完，弦左卫门便冲过去紧紧抱住了泪流满面的阿春，开始对她上下其手。

"请不要这样！"阿春大叫着，却挨了弦左卫门两巴掌。

"你们两个别搞错了，这里是我家，别忘了你们是靠谁才活到今天的！不情愿的话，就马上给我滚出去！你们这对忘恩负义的母女！"

弦左卫门对着她们怒吼道，然后，他又转身对着阿春说：

"我看你们是没念过圣贤书吧？正因无知，你才会对我这个长辈如此放肆。长官说的话永远是对的，只有明白这个道理，才是真正有学问的人，以后就由我来好好教育教育你吧！"

说完，弦左卫门就将阿春压倒在榻榻米上，然后跨坐在她身上，开始扯她的腰带。

阿由赶紧从背后用力抱住弦左卫门，将他推倒在地。然后对阿春大喊：

"阿春，快逃！"

阿春连滚带爬地冲出房间，摔倒在玄关的地板上，又赶快爬起来拉开门，正欲逃到风雪交加的屋外时，背后传来了弦左卫门的大叫声：

"阿春，站住！你看这里！"

阿春回头望去，只见弦左卫门将她母亲的一条手臂别到背后，按住她的脑袋，使其额头紧紧贴在地面，一只脚也同时踩在阿由的后脑勺上。

"你敢走出这个门，我就折断她的胳膊。这样一来，她就死定了。你可要想好了！"

阿春不得不停下脚步。

"如果不想你母亲死掉，就乖乖回到我身边，我不会再伤害她。我会让你体会到前所未有的快乐，那是你从未体验过的高潮啊！"

父亲才刚去世，如果母亲也死了该怎么办？一想到此，阿春真的很伤心，整个胸口因为过度悲伤而疼得要命。因此，阿春只好一边哭，一边又爬上榻榻米。

"好，做得好，你真是个乖女孩！"

说完，弦左卫门就放了阿由。但是阿由起身后，马上又紧紧抱着弦左卫门，对阿春大叫：

"不用管我，你赶快逃走！"

弦左卫门转身继续殴打阿由，阿由从榻榻米上跌落到地上，弦左卫门就跨坐在她身上。尽管被施暴，阿由还是冲着阿春大叫：

"阿春，快逃！你不用管我！"

这会儿阿春才如梦初醒，她赶紧跳下去，抓起草鞋，跑到外面去，然后拼命地在雪地中奔跑。因为衣带已经被解开，风将她的衣服前襟全部吹开，她只好用力拉着衣服，使尽全力往前奔跑。

等阿春回过神时，她已经身在法仙寺后院里了。因为每天都会来这里，所以她才会在无意识之中跑到这里来。在雪地里跑的赤足已经又红又肿，完全失去了知觉。就在这时候，阿春才想到自己手里紧紧握着草鞋，便赶紧穿上草鞋，然后拖着脚步，走到"森孝老爷"前，跪在雪地上。

阿春的眼泪不听话地直流，从鼻尖滴落到雪地的泪水，将雪融化。

"啊，眼泪是温暖的。"阿春想道。然后她就一直跪着，向森孝老爷祈祷。

她很担心母亲，不知道她现在怎么样了。她觉得失去丈夫、经常被弦左卫门施暴的母亲很可怜，她很想救救母亲，想保护在弦左卫门魔掌下的母亲。阿春双手合十，跪在雪地上，哭着祈祷。

不知道跪了多久，阿春的身体已经完全冰冷。黑夜中的天空开始下起了鹅毛大雪，阿春边打喷嚏边抬起头，突然发现在前方的雪地上躺着一根绳子。她觉得很不可思议，因为刚刚完全没有察觉到那根绳子的存在。她捡起绳子，当作腰带将和服穿好。因为手不用再拉着和服前襟，她觉得心情轻松了不少。

她站起来，用她那双习惯黑暗的眼睛看着"森孝老爷"，竟然发现盔甲的前面摆着一把刀。

那把刀让她有了这样的想法：如果我拿着那把刀回家，应该可以救母亲吧？但是杀了弦左卫门，便是死罪一条。可是母亲的命只有一条，所以为了救母亲，就算犯了死罪也在所不惜。阿春伸手摸摸外面的铁丝网门，令人惊讶的是，那一晚门竟然没有上锁，而平常都是用一把体积很大、造型像皮包的黑色大锁紧紧锁住的。

阿春打开门，打算伸手拿走那把刀。就在这时……

"不需要那么做！"

不知道从哪里突然传来低沉的男人声音，阿春吓得赶快把手缩回去。

"你什么事都不用做。去找你父亲的遗体，然后帮他穿上这件盔甲，再帮他装上义肢。"

那个声音又继续说道。

阿春吓坏了，大叫一声，整个人就跌坐在雪地里。然后她看了四周一圈，根本没看到半个人影，周围非常安静，不可能有人出现。背后的法仙寺本堂里，灯光也已经暗了。

"快一点儿！"

那个声音又响起了，在黑暗中，那个声音显得铿锵有力。于是阿春站起来，赶快朝灯光已暗的本堂跑去。当她伸手抓门把时，发现门并没有上锁。走进里面关上门，然后拉开拉门，前方就是大厅。佛坛前面，装着父亲遗体的木桶跟先前一样，一动也不动地被摆在原处。阿春解开白色带子，打开了木桶的盖子，看到父亲低着的后脑勺。阿春绕到背面，双手伸到父亲腋下，使尽全身的力气让父亲站起来。

留吉的身体已经僵硬了，但还能站起来。接着，阿春将木桶推倒，很辛苦地才将留吉拉出来，然后费了一番工夫背起留吉。因为留吉当时已经瘦到只剩皮包骨，所以对十七岁的阿春来说很轻，当然背得动。留吉的身体比外面的雪还要冰冷。

阿春背着父亲走到外面，此刻她的心情更加激动了。有时，黑暗的夜空中会传来如野兽般怒吼的声音，阿春以为是魔鬼来了，但是很奇怪，她完全不觉得害怕，因为心中悲伤和愤怒的情绪已经达到最高点，麻痹了她的感觉。

背着父亲，阿春站在"森孝老爷"前面，虽然仍有点儿犹豫不决，但最后她还是决定要试一试，于是将父亲放在雪地上。因为她实在找不出有其他地方可以摆放父亲的遗体，只好委屈父亲躺在雪地中。森孝老爷的铁丝网门前方有个走廊，并没有积雪，不过因为待会儿要开门，如果将父亲摆在走廊，就会挡到门。

她打开门，走进森孝老爷神社，打算取出盔甲。但是因为太重了，无法一下子全部拿出来，所以先拿了顶头盔。虽然只是一个头盔，但对瘦削的阿春来说，算是很重了。她用双手搬着头盔，戴在父亲头上，然后为他戴上面具。

第二次，阿春取出盔甲，帮父亲穿上之后，先在背后打结，然后再装上垫肩。接着是手臂护具、双脚护具，虽然花了很长的时间，不过全部打点完毕后，父亲看上去就像一位英勇的武士。

因为父亲只有一只脚，所以只要一个小腿护具就够了。但仔细一看，阿春发现森孝老爷的小腿护具也只有一个，但脚旁摆了一只木制义肢，于是阿春就拿起义肢装在留吉没有小腿的右腿上，用义肢上面的绳子缠着腿，紧紧绑住。

她站起来，觉得眼前躺在雪地上的那个人，简直就是传说中森孝老爷的化身。这时候，雪下得更大了，眼前已是白茫茫一片。阿春站在旁边，一直盯着已穿上盔甲的留吉的遗体看，脑中一片空白，根本想不起来接下来该做什么事，就这样呆站了好一会儿。

空中又传来那个男人的声音："你让开！"

于是阿春就跑到法仙寺本堂前面的走廊，刚好可以躲雪，又可以清楚地掌握躺在雪地上、已经穿上盔甲的父亲遗体的情况。

雪越下越大，有变成暴风雪的趋势。在空中呼哨吹着的风声更大了，好像在怒吼般，就像龙卷风似的。四周不断响起轰隆隆的声音，雪也开始随风乱舞，但是那男人的声音太大了，盖过了风声，阿春只感觉到风在吹，却听不到真正风吹的声音。像动物在咆哮般的声音不断轰隆作响，连地面也开始摇晃。

雪地上的小腿护套慢慢变成了白色，被积雪掩埋，铁丝网的门也被强风吹得啪啪响，不过无法清楚地听到那个声音。阿春凝望着铁丝门，双手合十，继续祈祷，希望"森孝老爷"能救救她的母亲。她能做的事，也只有祈祷而已。面对这样的暴力年代，一位十七岁的小姑娘，真的是无力抵抗。

黑夜中的暴风雪更猛烈了，突然吹来一阵狂风，轰的一声将地上的积雪吹得满天飞扬，四周瞬间变成白茫茫的一片，什么东西也看不到。

当强风将雪中雾气吹散时，奇迹出现了。雪地上穿着盔甲的遗体，上半身突然咚的一声立了起来，吓得阿春忍不住大叫了一声。

父亲不可能死而复生，刚刚她背着父亲遗体时就知道了，父亲的身体就像外面的暴风雪般冰冷，像木板般僵硬。是森孝老爷，现在森孝老爷就附身在死去的父亲身上。

森孝的灵魂缓缓地拖着义肢，伫立在雪地中，然后整个人也慢慢地站起来。虽然风雪很大，但亡灵遗体竟然还是一动也不动。他就这样静静地在飞舞的雪花中伫立了几分钟后，慢慢地迈开步伐，朝前走去。

虽然一只脚是义肢，但武士的脚步很稳健。阿春赶快从本堂的走廊跑出来，紧紧跟在后面。这位穿着盔甲的奇怪武士走到了法仙寺境内，来到石阶前面，缓缓地爬下石阶，阿春也跟着走下了石阶。

走完石阶，在狂风暴雪的夜空下，武士继续朝下坡路走去。他到底要去哪里呢？不过，阿春很确定，顺着这条路走下去，就可以到达她的家。森孝老爷现在是要去救她的母亲。紧跟在后的阿春觉得胸口好热。突然，她朝前方穿着盔甲的武士叫了一声爹，本来以为武士会回头，但是对方一点儿反应也没有。

站在后面，阿春才知道原来武士的右脚尖只是一根很细的木棒，但脚步很稳，不偏不倚地在雪地中前进。武士的身体有时会绽放出淡淡的金属光芒，那份英姿真的就是魔王的化身！魔王从黄泉归来，慢慢地、一刻也不休息地朝阿春的家走去。

不久，就看到了阿春的家，灯光越来越近，玄关的影像也越来越大。到了门口，魔王没有丝毫犹豫，马上就将门拉开。他的动作充满豪气，毫无恐惧，像机器人一般，不带半点儿感情。武士来到没铺地板的水泥地房间，这时跟在后面的阿春发现弦左卫门的草鞋还摆在泥地上，这表示他还没回去。因为平常她都会通过看草鞋来确认弦左卫门是否已经回家，所以本能地第一眼就是看那双草鞋在不在。武士依旧稳健地爬上了榻榻米房间。

推开里面的门,只见拿着酒瓶的弦左卫门正衣冠不整地坐在炕桌旁。他身上的衣服很凌乱,看来他已经喝醉了。而在他身边的,就是衣服全被脱光、露出整个背部趴在榻榻米上的阿由。阿由的整个背部都布满了淤青,脸也被揍得满是伤痕,因为太痛了,阿由不停地呻吟着,现在已经痛到动弹不得了。

见武士走进来,弦左卫门吓得跳了起来,大声吼道:"你是谁?"

说完,弦左卫门拿起旁边的大刀,将刀鞘丢在一边,挥刀朝武士身上砍去。武士举起右手,接了他一刀,结果刀子从根部折断,飞到隔壁的房间。

弦左卫门吓坏了,武士伸出右手抓着他的脖子,左手抓着他的腰,将他高高地举到天花板的位置,只听到弦左卫门大叫一声,整个人朝墙壁撞过去。掉下来的时候,弦左卫门刚好头着地,武士又抱起他,抓着他的腋下,把他从玄关丢出去。弦左卫门发出可怕的叫声,拼命地在雪地上爬行着,但是武士看起来并没有要放过他的意思。他追了过去,又把弦左卫门倒提起来,朝地上丢去。弦左卫门身上的和服完全敞开了,露出整个腹部,武士一脚踩在他的肚子上,然后双手捧起弦左卫门的头,轻而易举地将头从脖子上拽了下来。

只听到一声惨叫,大量鲜血同时喷出来,四周的雪地都被血染红了,不过惨叫声很快就停了。武士一手提着弦左卫门的头颅，若无其事地在雪地中走着，朝法仙寺的方向前进。他的脚步依旧缓慢稳健，不带一丝的感情，就跟来的时候一样。武士留在雪地上的足迹旁边，印下了从弦左卫门头颅上滴下来的点点鲜血，不过马上又被雪覆盖了，两者都失去了踪迹。

阿春望着魔王的背影，目送他离去，然后双手合十。祈祷完毕之后，她马上跑进屋里，因为她很担心母亲的伤势。

母亲被打得全身是伤，非常凄惨，不过并没有刀砍的伤痕，所以也就不会有生命危险。阿春铺了床，让母亲躺下，为了照顾母亲，她整晚都没有合眼。

森孝的盔甲倒在了法仙寺后院、铁丝网门被打开的"森孝老爷"神社的前面，那名武士的右手紧抓着弦左卫门头颅的头发。众人脱下盔甲，竟然看到瘦得只剩皮包骨的阿春父亲的遗体。

全村人都被这不可思议的事吓坏了。所以，他们为阿春父亲办了一场很隆重的丧礼，然后将森孝老爷的小腿护具摆回原处，很虔诚地供奉留吉和森孝老爷的盔甲。

从此，再没有人敢欺负阿由母女，她们两个人一直过着幸福快乐的日子。

第二章　被预告的第二具尸体

1

"老师!"里美的叫声把我吵醒了。

"唉,唉。"我想大声答应,嗓子却哑了。昨晚大家走后,我独自听着屋外的风雪声,连夜将《森孝魔王》读了一遍,有些没睡好。

"我能进来吗?"

"哦,好,进来吧。"我起身坐在被褥上说,忽觉周围静悄悄的,怒号了一夜的大风已经停了。

"老师,我……"里美说着拉开门走了进来。

"您快出来一下。我发现了件怪事……"

"什么?怪事?"

"我形容不来,您一起来看看吧。"

"啊,外面很冷吧。"

"雪很大,您穿上外套。"

我赶紧套上牛仔裤,又穿了毛衣和外套,一出门还是冷得叫出声来。走廊已成了一条白雪铺就的隧道。

"天哪,这么大的雪。"

"我刚才还扫过一遍了呢,否则没法走。"

"成雪窟了，我一会儿也扫一扫。"

"嗯，好。"

"走廊里好暗。"

"不过已经出太阳了。您这边走。"里美迅速跑上走廊，右边的雪墙被甩在身后，头顶现出了蓝天。

"是啊，天晴了。"

"今天天真好，昨天的坏天气就像是做梦。"

我们越往上走，天空就看得越清楚。真是个大晴天，万里无云。

"天太好了。不过雪也真够大的，中庭里的雪都堆成山了，有两米高吧。"

"就是。这么大的雪我也是头一回见。"

"对了，你刚才说有什么事来着？"

"老师，您过来。"里美口中吐着白气，急急地将我带进了昨晚浴室的那间男更衣室。

"您看这个。"里美拽着我的衣袖，拉我到睦雄的油画前。

"啊。"我吃了一惊。

"奇怪吧？"里美说。

"这怎么回事？"

画变样了。我开始还以为是光线的原因。昨晚这里只开了盏电灯，我便当是这个缘故。而眼前也不亮堂，跟昨晚相差无几。事情没这么简单，画上的图案变了，不是我的错觉，也不关光线的事。画中出现了原本不存在的东西。

昨晚我看到图的上半部分画着一个铠甲武士和一个蹲在地上的赤身男子,他们边上有樱花树,后面还有森林,而图的下半部分只画了褐色的土地。我当时还纳闷怎么地上没有其他图案呢?里美也提出过同样的疑问。可今早再看,地上竟然画了一个人,还是女人,她被埋在了地里。

女人身上穿着和服,肉色的,乍一看就像没穿衣服。可她穿着衣服,而且衣服原本是白色的,只不过被埋在地里,沾了泥土变脏了。

"有个女人埋在地里。"我说,"我看见了。"

"是的。"里美说。

"怎么回事?为什么画会变成这样?"

"嗯。"

"你知道?这里原来就画了一个女人?"

"不是,我不知道。好恐怖,怎么会这样?"

难道真出现鬼了?倘若是昨晚我一定会这么想。可现在是大白天,阳光照射在室内,叫我无所畏惧。

"好讨厌。"里美突然说。

"什么?"

"好恶心啊,老师,这女人没有胳膊。"

听她这么说,我赶紧又仔细看了看油画,果然如此。图上的女人肩膀处是空的,两只手都没有画。

"她的手被森孝砍掉了。"我不知怎么脱口而出。

"啊,在这儿。"里美说着用手指了一下。果然离女人较远的地方,地里埋着一只胳膊。

"这里有只胳膊。"

"确实。怎么会在这儿?"我说。

"好讨厌,吓死人了。这幅画怎么回事?"

"那一定还有另一只,只是我们还没发现。"说着我用手指朝画上戳了一戳,感觉画比昨晚更有光泽了。这时一样东西掉在了我的手背上,凉凉的。

"啊。"我一惊,赶紧望向天花板,原来如此——木制的天花板上湿了一大片,其中一根横梁上鼓着一滴水珠,正在往下掉。

"我明白了。你看那儿。"我指着天花板。

"漏水了。你看水都渗到木头里了。"我用手指着木板。

"屋里太暗了,我们都没注意。你看水都滴到画框上了,框子上面全湿了,画框里面也有渗水,而且顺着画流了下来。"

"真的呢。"里美凑到画前边看边说。

"快看,这一块是颜料,被水冲到别处去了。"

"确实。我近视眼所以没看清。"

"啊?你近视?眼睛不好?"

"最近才近视的。"

"学习太用功了。"

"玩游戏玩的。"

"是吗？"

"骗你的。这屋得修一下了。哎，真不好意思。"里美说。

"你有什么不好意思的？"

"可这漏的水……"

"应该不是雨，是融化的雪水。"

"融化的雪水顺着画流下来，冲走了颜料？"

"嗯，所以我们才能看见颜料底下的图案。"

"这可能吗？这不是油画吗？碰到水会化开？"

"不，应该是在原先的油画上又涂了一层水彩，水彩颜料化了。"

"哦。"

"这个女的是用油彩画上去的。埋在地里的女人和站在地上的铠甲武士、男人都是油画，樱花树和森林也是。当然还得检查一下，但应该没错，这些都是用油彩画的，所以没有化开。"我凑近画仔细查看后，说，"也就是说这幅画原来是油画，可下半部分不知为什么又拿水彩颜料涂成了褐色，现在雪水一冲，表面的这一层就化了。"

"原来如此，老师你太厉害了。"

"有吗？"

"可是画画的人为什么要这么做？"

"不知道。大概他想用褐色的颜料画出土地的质感吧。"

"哦。"

"就像传统日本画用的泥制颜料。总之我们得先把画搬走，说不定画上其他重要部分也都涂了水彩。"

"好。"

我抱起画框，小心地将它从墙上摘下来，为以防万一暂时将它放在了干燥的地板上。

"还有一只胳膊我们没找到，先把画搬回龙尾馆去吧。咦？"远处传来了机器的轰隆声。

"什么声音？"

"啊，是除雪车来了。"里美大声说，"太好了，老师，这下我们可以上大歧岛了。"

"是啊。二子山也能回去了。你这么高兴？"

"我们不是被大雪封着，一步都没出过家门嘛。"

"是啊，这次的雪太大了。二子山也一定会高兴的。"我虽这么说，但感觉他可能还走不了，二子山的四驱车还在法仙寺后头，被埋在厚厚的雪里。除雪车不可能开到那里。所以四驱车没法开出杉树林里的那条小路，那里的积雪起码有两米高。

"可是，老师……"

"什么？"

"我还想再问一句。为什么这幅油画要涂水彩颜料呢？这也是睦雄干的？"

"我不知道，可能是吧。"

"他为什么要这么做？"

"为什么呢?"我抱着双臂沉思着,觉得这确实很古怪。倘若地里埋着的女人是阿胤,她的尸体早就被发现了啊。至今下落不明的是铠甲武士森孝,以及他一直想杀的芳雄。

屋外传来了脚步声,正在向我们走来。我正想着,玻璃门被拉开了,一个剪着童花头的花白脑袋伸了进来。是戴着黑框眼镜的櫂女士。她笑着跟我打了招呼。一瞬间,我的心好像被什么撞了一下,想起了黑住昨晚说的话。櫂女士面带微笑,和气地说:"早饭准备好了,请过来用餐吧。"

因为得知她半生辛苦,我看这位小个子中年妇女的心境也和昨天全然不同了。说同情也好,更多的是遗憾,本地根深蒂固的陋习和愚昧,葬送了她的大半辈子。

2

大家吃了早饭,一起到大门口去铲雪。雪已经积成了小山,要把它铲开,堆到比我们个头还高的地方去。坂出像个工兵队员一样,一马当先,很快就辟出了一条小路,大家到外面一看,只见除雪车过处,笔直的马路两旁整整齐齐地堆起了雪墙。

我跟二子山还有里美,就顺着那条路上了大歧岛神社。二子山说他已经跟神社打过招呼了,出门时手里抱了一个方方的大纸包,像是带的礼物。小雪说她得到了妈妈的允许，也跑了过来。

"小雪，你也一起去？"二子山问。

"嗯。"小雪答。于是我们四个人一起上了山。

"小雪，你们学校好玩儿吗？"里美牵着小雪的手，边走边问。

"天天要上课。"小雪说。

"小雪成绩很好吧？"二子山说。

"嗯，还行。"

"那你妈妈以后要开心了。"里美说。

"会吗？她会开心？"

"当然啦。你妈妈老催你学习？"

"偶尔吧，她偶尔会很啰嗦，所以我自己主动学。"

"真的吗？小雪真了不起，主动学。不是吹牛，我从小到大从来没主动学习过。"二子山说。

"小雪，你是哪一年出生的？"里美问。

"平成三年（1991）。"

里美惊得停下脚步："什么？平成……"

里美平复了一下，重新迈开步子，可好一会儿都没开口，似乎大受刺激。

"平成辣妹啊。我都成昭和年代的人了，老了老了，变成大妈了。"

"里美要是大妈，"二子山说，"那我还不得直接跳过大叔，变成爷爷了？"

"我真是大妈了。不骗你。我最近胖了好多。"

"你胖?"二子山笑了起来。

"裤腰都变紧了啊。"

"这就叫胖了？真胖就穿不下了。像我的裤子，全都扔了。把我老婆气得要命，差点儿就跟我动手了。"

"哎，是太浪费了。"我说。

"才不是呢。她说我是骗子。"

"骗子?"

"就是过去别人都说我像西城秀树嘛。"

我们不知该如何接他的话，便都埋头走路。

"小雪长大了想做什么?"我问。

她低头想了想，说："不知道。"

"还没想过啊?"

"嗯。"

"那你妈妈怎么说的?"

"嗯，她说过。"

"怎么说的?"

"嗯，她说得怪怪的。"

"怪怪的？怎么怪了?"

"她说叫我当歌手，她给我当经纪人，全国巡回演出。"

"啊，经纪人？她真这么说的?"

"嗯，她说这样就可以赚钱在京都盖房子。"

大家听完都笑了。

"在京都盖房子啊，真不错，也叫上叔叔吧。"

"哦。"

"你能当上歌手吗？在上这方面的课吗？"里美问。

"没有。"

"我也想过当歌手。好像我妈也想过。"

"我没有。我五音不全。"二子山说。

"人家不是说你像西城秀树吗？"

"那你能念祝词吗？"我问。

"当然，这跟五音不全没关系。"

"你喜欢唱歌吗？"里美问小雪。

"喜欢。"

"小雪想成名啊。"

"没有。但是，我也搞不清楚。"

"你们班有同学想当艺人吗？"

"嗯，没有吧。"

"那当医生呢？"我问。

"我妈也想过叫我当医生。"

"当呀。我就怕会得糖尿病呢。"

"那你自己呢？"

"我不喜欢当医生。"

"为什么？"

"我怕血，而且还得熬夜，万一病人晚上来看病的话……"

"哦哦。"这我能理解。

"熬夜对皮肤不好。"里美说。

"那当律师呢?"我又问。

"嗯，想当。"雪子说。

"你想当律师啊?"里美很意外。

"嗯。"

"那要成我的竞争对手了。"

"干脆当检察官吧。"我又说。

"检察官，那更是对手了。我输了，光年纪就比不过。"

"什么意思?"

"她是说在开庭的时候。"我也跟着解释。

"里美姐姐。"小雪叫道。

"嗯，怎么了?"

"你考律师时都考了些什么?"

"哇，已经在考虑这些了?"

"嗯。"

"考律师，其实就是参加司法考试。每年一次。"

"小雪，你可以准备起来了。"二子山说，"早点儿做准备。"

"可考试要改革了。我们考的时候是分两次，第一次考基本常识，所以大学生可以免考。第二次考试有三种类型，五月份考单选题。一道题给你五个答案，然后让你从中选一个。七月份考论文，论文考试的成绩九月份出来，如果合格，十月份就可以参加口试。"

"哦，要考这么多啊。好难。"

"小雪，你怕不怕在大家面前说话？"二子山问。

"这我还可以。"雪子回答。

"是吗？我这方面不行。"里美说。

"从大三就可以开始考了吧？"我问。

"对的。"里美说。

"有没有人毕业前就考上的？"

"有啊。东京大学有很多。"

"考上的话，就什么都能做了吧？法官、检察官什么的。"

"对。"

"那你就当法官嘛。"

"不行。"

"为啥？"

"法官要按照成绩排名的，我勉强及格，本来最多分在检察厅。"

"啊。那开庭的时候，法官会觉得自己的成绩比你们好，看不起你们吧？"

里美默默地点了点头。

"确实是这样的，所以考法要改革了。检察官从一开始就是检察官，律师从一开始就是律师，这么考。"

"哦。"

"应该这样。"

"但里美姐姐已经考上了，不是吗？"

"嗯，勉勉强强。"

"太好了，真厉害。接下来要研修了吧？研修要做些什么呢？"

"到冈山的地检去，先有个开学典礼之类的仪式，然后和当地的其他研修生见面，之后把大家分配到不同的律所去研修。"

"地检是什么？"

"就是地方检察院。检察院一般分为三级：低级、中级和最高检察院。一桩案子要经过这三个地方审理，才能尽量不出错。"

"地方检察院就在冈山吗？"

"冈山有，其他地方，其他城市里也都有很多。"

"哦。"

"高级检察院一般在县政府所在地，最高检察院就只有东京有。"

"高级检察院都在各个县的政府所在地啊。原来是这样。"二子山说。

"我说错了？老师，高级检察院不在县政府所在地？"

"啊，我不知道。"

"我也不知道，随便问的。"

"怎么？你不知道？"

"好像，一时记不清了。"里美说。

"不会吧？"

"没人会为了这种事打官司吧？"二子山开玩笑道。

去大歧岛神社的路挺远的，因为得绕着山盘旋而上。虽然有一条笔直的台阶供行人使用，但都被大雪埋了，现在用不了。我们只得从通汽车的盘山路绕上去，花了好长时间。

虽是晴天，一起风就觉得冷了，也可能是因为我们正在朝山上爬，不知不觉就走进了寒气里。从山路上眺望到的风景美极了，我们脚下就是白雪覆盖的法仙寺，远处则有冻成银白色的苇川。而那一座座坟墓都被大雪盖着，根本找不到。我们还能看见更下面的龙卧亭，它也银装素裹，从这个角度看去真像一条盘踞在山腰上的白龙。

"好美的景色啊。"我停下脚步俯瞰着山下说。身处这样的圣洁之地，我不禁开始相信起昨天与二子山谈到的超能力了。

"菊川身怀神力吗？"听我这么问，二子山苦笑了一下。

"没有吧。"他说。

"他才不是那种人。"里美从旁讥笑道。

"不是那种人？那他是哪种人？"

"他没那么神圣，就是一个市井小人，又贪财又好色。"

"哦。哪种类型的呢？"

"你很快就会知道的，过会儿就见到了。"

"听说他常借钱给别人。"我问二子山。

"才不是这么回事儿。人们瞎传罢了。"二子山说，"村民们总爱说三道四。"他想袒护自己的同行。

我原本以为越到山顶景色就越好，没想到山上种了好多杉树，挡住了视线。往神社去的路必须穿过杉树林，是一条林间小路。

"这林子太了不起了。"一进杉林我便又感叹道，"每棵树都好高，笔直的，几乎没有树枝，像电线杆一样。"

"是啊。它们的树龄有多大？"二子山边说边想，"至少七八十年了吧。"

"杉树一般寿命多长？"雪子问。

"应该没限制吧。屋久岛的绳文杉不是还活着嘛。"

"啊，那个我知道。"

"那些树起码长了一两千年。"

"是啊。"

"可我们这的杉树林也不差，没有人修剪过，它们全都是神木。"

我们在杉树林里走了好久，才到了山顶，也怪脚下有雪，路特别难走，所以感觉比实际距离远多了。

眼前渐渐可以看见杉树林的尽头了，紧接着就是大鸟居。我们朝着它走过去，一块雪白的空地很快就展现在我们面前。四周白茫茫的，大雪围出了一个密闭的空间，圆圆的，窄窄的。地上的雪留着漩涡似的痕迹，因为刚刚被铲过，大家脚下都很平坦，雪也很薄。

附近满是郁郁葱葱的杉树，从没被砍伐过的树木一棵挨着一棵，层层叠叠的，挡住了我们的视线。我们看不见杉树外边有什么，只知道是一块空地。也怪雪太大，将枝条全都盖住了，填补掉了枝叶间的空隙。再加上被铲掉的雪都堆在边上，成了高高的雪墙，限制了视野，所以从底下看这里就像一个独立王国，非常奇妙。

我被一种神圣的气氛感染了，忘了这里就是山顶。我们脚下的这一片土地，遗世而独立。树林对面既没有路也没有空地，只有天。这里是另外一个世界，一块悬在半空中的场所。

风停了，万籁无声，连杉树也不沙沙作响了。阳光笔直地从苍穹上洒下来，落在这一片圆形的土地上，在光线的正中央有一座原木建造的小小神殿。虽说是原木，但颜色已经旧了，历经长期的风吹日晒变得灰扑扑的。从神殿过去有一条不长的游廊，连着更大的一座木造建筑。我猜那就是冲津宫，菊川神官的住处。它边上的小屋大概就是水圣堂了吧。

此处的神圣气氛并非都源于神社。即使空地上什么都没有，或只安放了一台卖可乐的自动售货机，也还是让我肃然起敬。这里高高在上、远离俗世、与世隔绝，就像神仙的居所。四周高高的杉树林挡住了外界的目光，就像隐藏在深宅大院中的一处密室。

"这就是冲津宫……"我喃喃自语道，"好神奇的一个地方，完全与世隔绝。这地下都是水泥吧？"

"全是水泥。"二子山回答得很干脆。我用鞋尖蹭了蹭积雪，果然看见了黑色的石子，确实是水泥地。地上积满了雪，我无法一寸一寸地检查，但他既然这么说，应该八九不离十。我又查看了一下长满山白竹的斜坡，那儿也全盖着厚厚的积雪，什么都看不见。

我离开大家，独自沿着雪墙，走到杉树下。杉树太高了，相比之下我就像一只小蚂蚁。我抬头望了望，树上枝叶交错，将天空遮挡得密不透光。

我回去跟二子山他们会合。

"大濑真理子就是在这儿不见的吧，突然之间？"

"对，是在这儿不见的。"二子山说。

"哦哦。"我点了点头，实地查看过后，之前那股子斗志全没了。我原本以为怎么可能发生那样的怪事，其中必有蹊跷，定得查个水落石出。可此时此地我竟觉得一切皆有可能，从心底屈服了。

大家一同向玄关走去，二子山一把拉开了玄关的玻璃门，冲里面打了个招呼，只听屋里有人应了一声，紧接着一个穿着斋服，也可能是白色神官服的矮个男人走了出来。

"啊，啊，原来是释内教的师父来了呀，外面这么大雪。"他的瘦脸上露出了微笑，咧着嘴，亲热地说。

"哎呀，这不是里美嘛？"他提高了嗓门。

"是，好久不见。"里美也大声答道。

"还以为是哪来的美女呢。快，快进来。"

"谢谢。这位是东京来的小说家，石冈老师。"见里美在介绍我，我也赶紧笑脸相迎，没想到他转向我时，脸上已全没了笑意。

"哦哦。"他低低地应了一声。菊川不笑的时候，样子很吓人，就算用寒碜二字来形容也不过分。

"她叫小雪，最近住在我家。"

"您好。"小雪也打了个招呼。

"是嘛。还大老远地跑一趟。快进来，别客气。"

说着菊川转过身，才走几步就站在走廊上，催促道："快，快进来。"看他的样子，似乎真的很欢迎我们。

屋子看着不大，可进去后才发现很宽敞。正面是一个大客厅，顺着它左边的走廊往前走，左手有扇窗，是毛玻璃的。大客厅隔壁有一间装玻璃门的小房间。打开毛玻璃移门，就看见里面有沙发和桌子，还有电视。菊川把我们请进小屋。屋里烧着石油暖炉，看来神宫先前一直待在这儿，屋里非常暖和。

桌子上放着个热水瓶，边上还有一个装了茶杯的篮子。菊川从中拿出茶杯，给每人面前摆了一个。他打开壶盖，将热水瓶里的水倒了进去，好像茶壶里原就放了茶叶。

"还是老习惯，这是我们那儿的豆包。"坐在沙发上的二子山说着，行了个礼将手里抱的纸包放在了桌上，朝菊川面前推了推。

"竹屋豆包吗?我最喜欢吃了。感谢,感谢。"菊川热情地说。

"对了,里美,你最近在做什么?"菊川问里美。

"我现在住横滨,坐办公室。"里美抽象地回答了一句。

菊川却并不肯放过:"坐办公室吗?那是什么公司呢?"

"嗯,就是法律事务所。"

"法律事务所啊,那不就是律师了嘛?"

"嗯,嗯。"

"那具体做什么?普通事务吗?"

"差不多。"

"很赚钱吗?"

"嗯,也不是。"

"那也还是大城市好?"

"也不一定。不过横滨还不错,我觉得很便利。"

"横滨吗?离东京很近吧?"

"还行。"

"有男朋友了吗?"

"还没。"

"城里的年轻人也未必靠得住。对了,释内教师父,您不也很了解大城市吗?"

"是啊。"

"现在的年轻人都喜欢大城市。大城市有什么好的？到处都是人，车子横冲直撞的。"

"你们这儿真是好地方啊。"为跟菊川拉上关系，我试探着说了一句。我想向他打听案子的事。菊川这才慢慢地看向我，又收起了笑容，不怎么高兴地说："那当然，非常好的地方。"他非但没笑，还有些气恼。

"确实是好地方。"里美也说，"感觉身心都干净了。"

菊川的脸上又恢复了笑容："就是。这里这么好，你快回来吧。释内教师父不就回来了嘛。你也应该回来，来我们这儿当神女。"

"我听说原先的神女不见了。"里美适时地将话题引了过来。

"是啊，我都愁死了，神社里没了神女。你赶紧来吧，你很合适。"

"我吗？为什么？"

"你的站相很好，姿态什么的都非常合适。"

"非常合适？"

"对呀，太合适了。"菊川很满意自己的口才，嘿嘿地笑了起来。

"您最后见到大濑是在去水圣堂的走廊前面吧？大概下午四点不到……"我见神官开心，就赶紧问。我这次的目的就是了解确切的情况。

菊川恶狠狠地瞅着我，很不客气地说："那又怎么样？"

219　第二章　被预告的第二具尸体

"没，我只是想知道确切的情况。"我说。

"我正为难呢。"菊川说得莫名其妙。

"什么？"

"你的问题让我很为难。"他的嗓门粗了起来。

"所以啊，得赶紧找到大濑，你才不会为难了。"

"你是警察啊？叫我说就说。"他终于发火了。

"啊？"

"冲津宫的师父，你别这么大声嘛。"二子山劝道。

"我本来就这么大声。你们城里人以为自己还在城里，就对我指手画脚啊。"菊川的小眼睛有些潮湿。

"菊川师父，大家不是这个意思。"里美说。

"那是什么意思？难道城里人就只会这样讲话？城里的男人就这么好？"

"不是。"

"算了，你们都走吧，别说了。"菊川站起身，情绪激动地跺着脚，敷衍不下去了。连茶壶里的水都没来得及给我们倒进杯子里。

"大家都跑来我这儿，把我当凶手。"他的声音有些哽咽，"警察也耀武扬威的。就我一个是乡下人吗？你们难道都不是？你们也是从这里出去的，难道忘了吗？你们难道就不怕良心的谴责？一点儿道德心都没有吗？这么多人对付我一个，你们不难为情吗？在神佛面前，居然还敢那样讲话，会遭报应的。"

就在这时，突然传来一声轰响。我们已经跟着神官站起身了，这时只觉得脚下有什么在往上顶，身子不由得弹了弹。我一屁股坐在了地上，里美和雪子也叫起来。大家都蹲在地上，完全站不起来。

屋外的杉树沙沙沙地摇晃起来，刺耳的鸟鸣声此起彼伏。鸟儿们齐刷刷地飞走了。雪从屋顶上扑簌簌地往下落。

脚下还在摇晃。就开头那一下感觉在朝上顶，之后就一直有细微的震动。外面的鸟儿越叫越响，翅膀扇动的声音也大了起来。可见鸟儿们都感觉到了异常，变得极其不安。

想来我们似乎都在等待着些什么，尽管我们什么也不知道。这段时间感觉很长，其实也不过几秒而已。我听见地下一直轰隆隆地响，低低的，越来越大声。刚开始声音离得还很远，渐渐就近了。声音越来越响，一刻也不停。就在大家心惊胆战之时，菊川惊呼了起来，他一直叫。脚下的地板突然剧烈摇晃起来。里美他们都叫出了声，包括几个男人。我们被弹了起来，一点儿办法也没有。

身边的玻璃门和走廊上的窗玻璃都被震下来了。周围到处是玻璃破碎的声音，还有雪落下来的砰砰声，以及东西倒下的响声，有几处还吱嘎作响。

摇晃得很厉害，这可不是开玩笑的。剧烈的震动让我们看不清外边，别说站了，连坐着不动都很困难。我已经听不见女人们的叫声了，周围的响声早就盖过了她们的叫声，而且还越来越大，越来越可怕。

我连自己的声音都听不见了。我从没经历过这样强烈的巨响，第一感觉就是山塌了。我担心大家将无处立足，不料脚下的大地也并非永远坚不可摧。我怕得要命，透过空空的窗口，我看见了外面的杉树林。因为身后的玻璃门和窗玻璃都被震碎了，我顺势就见到了杉树林。只见一棵棵巨大的杉树都慢慢地倾斜了过去。

我朝天花板看了一眼，用左手遮住头，以防被东西砸到。幸好天花板上什么也没有。可屋里也没有什么高的桌子，只一张矮桌，大家都无处可躲。就在这时，我想起曾在哪里读到过一则报道，说藏在门楣下边被东西砸到的可能性会小一点儿，便朝门楣处爬去。然而整个地板都在左右摇晃，我根本爬不过去，拼命挣扎才不至于摔着。

不知道到底晃了多久，感觉一直在摇晃，可实际上也就十秒左右吧。等我回过神来，地面已经不摇了。只是还能听见一些响声，轰轰声还在，拖得很长很长。

"结束了吗？"里美问。

"过去了？"二子山也问。雪子被吓得不会说话了。

"小雪，你没事吧？"里美问。

"嗯。"小雪应了一声。

"好可怕啊。"

"赶紧出去，房子塌了就糟了。"里美说。

"对，快走。"二子山也说。于是我们赶紧跑出屋子，尽量留意不去踩玻璃，一路从走廊奔到了玄关。

玄关的玻璃门也碎了。我们急忙下地穿上鞋子，冲出玄关。这时里美的手机响了，过了一会儿，二子山的手机也响了。

"喂。嗯，好可怕。嗯，没事了，我们没事。小雪也没事。嗯，这就回去。你们怎么样？没事？那就好。房子没事吧？哦。就一些小东西跟窗户啊。那很冷吧。不过还是得小心，可能还有余震。"里美说，看样子是育子来的电话。

"喂。嗯，我没事。你呢？对，地震。可能还有余震，你小心点儿。"

我离开了大家，向雪中的杉树林走去。有几棵杉树斜了过来。大概因为是山顶的关系，土地容易松动，好几棵大树都斜了。突然我叫了起来。

就在杉树前面，积雪覆盖的地面竟然断成了一个大大的台阶。我仔细一看，原来是裂开了一道缝，裂缝对面的土地陷了下去，两边的落差足有两米。我这边的雪正一坨一坨地往地缝里掉。

我小心翼翼地往地缝边靠过去，生怕脚一滑摔下去。我站在地缝边，往下望了望，不禁又叫出了声，这次的声音很大。

地缝里竟出现了一样奇怪的东西，简直不可思议。埋着人的地方偏偏裂开了。这是碰巧了，还是老天的旨意？我几乎不相信自己的眼睛，又有些不相信这里的地面全铺着水泥。可我明明看见断面上面都是水泥啊？水泥足有五十厘米厚。

"怎么了？"二子山问我。我有些晕，几乎弄不清眼前是梦境还是现实。难道是这块圣地让我出现了幻觉？

"怎么了，老师？"里美也问。我回头一看，他们都走了过来。里美手里还牵着雪子。菊川在他们身后呆呆地站着。

"别过来。小雪别过来。不能让孩子看见。"我赶紧叫了一声，脑海里顿时闪现出之前在龙尾馆看见的那幅奇怪的图画，睦雄画的那张。

我懵了。这究竟是怎么回事？这算什么事啊？难道是魔术变出的怪事？这到底意味着什么？

那幅图被原封不动地复原出来了？还是那幅图从几十年前突然飞了过来？它早就预言了今天的景象。

地缝下面躺着一具女尸，身上的白色和服已经被泥土弄脏了。我从泥里看见了黑色的长发，可以断定死者是名女性。地缝下面落满了白雪，还有湿软的黑泥，一具长着长发的尸体就躺在深深的积水里，头发脏脏的，缠在一起。

是大濑真理子，我直觉这具尸体就是她。她在地下，果然是被埋在了地下。可怎么做到的呢？谁埋的？老天吗？停车场全都铺着厚厚的水泥啊。

我开始怀疑这是否是另外一具尸体，也许是铺水泥之前就被埋下去的另一具尸体。可若真是如此，尸体早该成一具白骨了啊。眼前的尸体还很丰满，还有肌肉。也就是说死亡时间还不算久。

我渐渐明白了。那幅画上出现的女人并非阿胤，而是大濑真理子。这太不可思议了。

3

"老师，贝繁的警察要过来。他们说现在出发，路上有积雪，所以会稍微晚点儿。"里美拿开手机，朝我喊道。

"他们说没说怎么过来？"我问。

"骑车。"

"骑车？"我无语了。

"来几个人？"

"一个。"

"一个？！"

"对。"

"这么大雪，骑自行车？而且还是一个人？"

真不知道他会骑哪种自行车。难道是装了雪地胎，上了履带的？

"说是今天没人当班。"

"你有没有告诉他发现尸体了？"

"说了。但是他们说得查看以后才能确定是否是尸体。"

"这不是尸体还能是什么？"

"嗯。"

"骑车恐怕不靠谱吧。这得花多长时间啊?"

里美又拿起手机说了几句,又对我说:"天黑前应该可以到。说是地震震坏了一些东西。"

我抬头望了望天:"好吧。那就耐心等着吧。你把电话挂了,再给县警察局打一个。"

"县警察局?"

"嗯,找找田中。上次的案子他不是见过吗?我听说他升官了。你知道县警察局的电话吧?"

"嗯,我有。考虑到实习可能会需要,就记下了。"

里美按了几个键,找到了电话号码。虽然转了好几个地方,总算找到了能说上话的人。她跟电话那头讲了讲发现尸体的过程,之后就把手机交给我说:"老师,是田中。他已经升为副队长了。"

"是田中本人的电话?"

我接过电话:"喂,田中吗?我是之前你见过的小说家石冈。"

"哦,石冈老师。"电话那头的声音很洪亮。

"好久不见,你还好吧?"我说。

"是啊。您怎么样?刚才发生了大地震,您没事吧?"

"我们没事,就是有块地裂开了。"

"地裂开了?在哪儿?"

"就在大歧岛神社的停车场。以前我们见面的龙卧亭，再往上走一些的地方。大歧山山顶。"

"哦，那里啊。"

"地裂开了，结果地下冒出了一具尸体。"

"尸体？！"田中十分震惊，"从地缝里冒出来的？"

"对啊，现在就在我们面前。"

田中听了，沉默了片刻，像是不相信竟会有这种事。

"您的意思是说，埋尸的地方恰好裂开了？"

"是的。"

"这么巧？您确定那是一具尸体？"

"我还不能百分之百保证，地缝太深了，起码有两米深，从我站的地方到尸体的位置。不过我能看见黑色的头发。而且这里三个月前，有个年轻女性失踪，名叫大濑真理子。是山下农民家的姑娘，她在大歧岛神社当神女，所以应该不会错的。"

"是同一个人？"

"对。"

"那有没有认识她的人？"

"有。就是这里的神官，他现在就在我边上。还有女孩的男友也住在山下的贝繁村里。女孩失踪前他们一直在一起。"

"这就是说，这位叫大濑的被埋在了地下？"

"这个……这里地面都铺着水泥，是不是被埋下去的，还有些疑点。"

"你是说尸体埋在水泥地下面?"

"是的。"

"水泥很旧了吗?"

"挺旧的。"

"那尸体已经成了白骨?"

"不,还有肌肉。"

"啊,怎么回事?被人杀害的?"

"这我也不清楚。总之能否请你过来一趟。贝繁警局说了会派人来,可他们只有一个人,还是骑车来,可能起不了什么作用。"

"我知道了。只是雪太大了,汽车过不去啊。你们那边路上的积雪情况怎么样?"

"今天早上除雪车来铲过一次,附近的车子可以走。"

"哪来的除雪车?"

"听说是津山市政府派来的。"

"津山啊。我懂了。我现在坐电车去津山,然后开津山警局的四驱车过去。我从县里和津山警局带几个人过去。大概一小时后赶到。你们能等等我们吗?"

"可以。田中你也过来吗?"

"我也去。"

"太好了。听说你当上了副队长。"

"这个嘛,人手不够,所以……"

"大濑的男友叫黑住,要不要我们把他先叫过来?"

"那就叫来吧。只是千万别动尸体，谁都不能碰。"

"好的。反正也够不着。"

"是吗？"

"以前的铃木警官和福井警官呢？"

"啊，他们都退休了。"

"是吗？"

"那我这就出发。"

"拜托了。"

我挂了电话，把手机还给里美。

"你给黑住打个电话，叫他赶紧过来，告诉他我们发现大濑的尸体了。"

"好的。叫他来没事吧？"

"嗯，已经请示过了，得让他来帮点儿忙。"

"怎么帮？"

"二子山，你看好菊川神官，他现在是嫌犯，可能会对尸体动手脚，也可能逃走。"

"啊。是吗？我知道了。可神官是怎么把尸体埋到水泥地下面去的呢？"

"我也不知道。也可能不是他干的，但以防万一。哦，里美，你刚才说什么？"

"你想让黑住研帮什么忙？"

"哦哦，对。"

这个忙只有他来帮最合适。他一定会好好干的。

"最好把小雪送回去。你把黑住叫来后，就跟他换一下，你把小雪带回龙卧亭去。"我冲着在拨号的里美说。

"嗯，好。"

好像黑住接起了电话。

"喂，阿研，我是里美。出事了。我现在在大歧岛神社，这里的停车场地下冒出了一具尸体。"

对方好像被吓到了。

"对，因为刚才那个地震，停车场的地裂开了，就是从那里冒出来的。"

又过了一会儿。

"嗯，这还不清楚。嗯，对，是个女人。所以我第一时间告诉你。警察马上就要过来了。嗯，嗯，啊，你等一下。"里美将手机拿开，问我："他说他去接贝繁的警察，开车把人带过来。"

"这个主意不错，那就叫他去吧。"

"好。"

我看到二子山朝菊川神官走去，两个人正并排站着说话。

"你一会儿再告诉龙卧亭，最好也能通知一下日照和尚。"

"好的。"

里美挂了电话，又拨了另一个号码。我走回尸体那儿，蹲在裂缝前。尸体很恶心，可我已经习惯了。尸体埋在泥里，看不到脸，仅和服下摆处露出一段人腿，已完全干枯，分辨不出男女。

黑住看到女友的尸体会怎么想呢？一定很难受吧。想到这儿我也心疼起来，可又不能阻止他来。

"老师，足立师父说马上过来。"

"足立师父？谁啊？"

"就是日照和尚。"

"石冈老师，神官说要进屋去。我们也进去，帮他把宫中碎了的玻璃收拾一下，外面太冷了。"二子山大声说。

"是啊，火炉那儿也得小心，刚才大家跑得太急，得赶紧看看。"里美说。

这事非同小可，大家都赶紧进屋。余震暂时不会再来了，可我还是担心屋外的尸体没人照看。

"菊川师父，快去看取暖炉。"里美一进屋就提醒道。可菊川一直呆呆地站在走廊上，一动也不动。

"为什么会这样？"他嘟囔着没有动。里美飞快地冲进了客厅。

"关上了。太好了，是自动熄掉的。"她走出来说。

菊川跌跌撞撞地走过去，将顶头的杂物间门打开，拿出扫帚和畚箕，又走回来，慢慢地扫着落在走廊上的碎玻璃，嘴里还轻声地嘀咕："怎么回事？我也不懂了。"

我看他那个样子并不像装的，确实是受了刺激，懵了。

"还有扫帚吗?"二子山问他。可他没回答。二子山自己走到刚才的杂物间又拿了一把扫帚过来,也扫起地来。里美跟雪子从窗框上把剩下的碎玻璃都拔了出来。

"小雪,小心手。"里美说。

"嗯。"雪子应道。

"我实在搞不懂,人怎么会埋在那个地方?"二子山边扫边问,"菊川,那个人就是大濑吧?"

菊川坚决否定:"不,不是真理子。"

听他这么说,我们都停了下来,不约而同地看着菊川。可他依旧低着头,谁也不看。

"不是?那是谁?"二子山问。

"不知道。我什么都不知道。那不是人,是某位神仙。太吓人了。"

"真吓人。"二子山也同意。二人齐刷刷地扫起了碎玻璃。

"这些我来扫。菊川师父,你去家里别处看看,看看还有没有别的损坏。"里美对菊川说,可菊川一直没反应,一味地发呆,过了好久才回过神来说:"那我去拿垃圾箱。"

菊川说着走过杂物间,向里屋走去。我正担心他会逃跑,没想到他很快就抱了一个木箱过来。我始终留意着他的举动,他显然有些异样。脚步踉踉跄跄的,精力也不集中。

"把碎玻璃装在这里,我一会儿去倒。"他把事情交代给里美和二子山，自己去了大厅。不料却被门槛绊了一下，跌在了榻榻米上。大家都很吃惊，他却久久不起来，紧接着就开始发抖。

我第一个发现他不太正常，就赶紧跑了过去。二子山和里美也跟了过来。只见菊川咬着一嘴脏兮兮的牙齿，从牙缝中挤出几句话："真理子回来了，她没走，她回来了。"

他的脸越来越红，血都涌上来了。

"糟了。"我大叫一声。只见他浑身抽搐，嘴里大声地呻吟着，紧咬的牙关间吐出了白沫。

"二子山，大家快过来，一起按住他。"我叫着，心想这正好是个机会。

"人是你埋的吗？"我大声地问菊川。

"不是我，不是。"他从牙缝间断断续续地说，白沫弄得到处都是。

"那是谁？"

"不知道，我不知道。"他悲痛地大叫。

"怎么埋的？埋在那种水泥地下。"我继续问。

"不知道，我不知道。"他绝望地叫着。

"那谁会知道？"

这时里美惊叫起来，菊川强烈地抽搐着，里美按不住他的脚。

"不知道。我什么都不知道。你是警察啊？"他叫着，不停地呻吟，再也不说话了。他的嘴里吐出大量的白沫，身体渐渐弯成了弓状，抽搐停止了，颤动变小了。

"糟了，真是癫痫。"我叫着，"有什么东西能让他咬一下？否则他会咬断舌头的。"我已经看见他齿间的舌头了，情况危急。菊川在自己的斋服胸前捶了两三下。

"是不是里面有什么东西？"二子山说着，探手进去找了找，取出了一个约二十厘米长短的木棍。

"快让他咬住。"说完，我掰着菊川的下巴，想将他的嘴分开。可这并不容易，他的牙齿咬得太紧，肌肉硬邦邦的。

"二子山，你来掰他的上颚，我把他的下巴掰开，当心手指。里美，你把木棍放进他嘴里，硬塞进去。千万小心手指，别被咬到了。"

我用尽全力去掰他的下巴，菊川的脸色已经变得通红，极不正常，表情也十分古怪，就像一个红头鬼，面目狰狞。我感觉面前的人早不是菊川了，仿佛有恶鬼附在他的身上，又或许是他暴露出本来的恶魔面目。

我回头看见小雪吓坏了，她躲得远远的。谢天谢地，这孩子没给我们添麻烦。里美边叫边往菊川嘴里塞木棍，二子山也在使劲，我也粗暴地使出了全力。这时我才发现要想掰开一个人的嘴，其实并没有地方可以下手。

"进去了。"里美叫道，举起了两只手。只见木棍已经紧紧地被咬住了，看样子暂时不会掉下来。口腔里有了空间，菊川就咬不到自己的舌头。

"没事了。过一会儿他就会好的。"我说，大家都松了一口气。

"好险啊。我是听说他有癫痫，但没想到会送命。万一他咬断舌头可就糟了。他平时又是独居。"二子山说。

"就是，太危险了。"里美也说。

"他好像真的一无所知。"二子山对我说，意思是菊川不是凶手。也许他不愿意把同行想得太坏，况且菊川还是神职人员。不过我也同意他的意见，便重重地点了点头，说："这样一来，真就没人知道了，人怎么会被埋在那么厚的水泥底下呢？整个停车场都铺着水泥啊。"

"是的，是的，连这房子下面也全是水泥地。"二子山摆了摆手说。仔细想想其实这房子不是水泥地也没用，必须是发现尸体的地方没铺水泥才行。如果有没铺水泥的地方，可离尸体很远，也起不到任何作用。难道要一直挖隧道过去？这单凭一个人的力量是干不成的，也没这个必要。只要别把尸体埋在水泥下就可以了嘛。难道凶手是从长着山白竹的斜坡上挖的？可黑住说案发时那里没有翻动过的痕迹啊。

"神社里有没有地道或者地下室什么的？"

"没有，没有，都没有。"二子山又摆了摆手。他这么自信？

"总之菊川是大社派来的，大社从一开始就彻底调查过这里。如果有地下室的话，大社肯定知道。我们也绝对会有所耳闻。"二子山说。

4

黑住驾驶的四驱车终于出现在了大鸟居的边上，他直接把车开进了积雪的停车场。菊川神官已经复原，我把他托付给里美，自己出去看着尸体。

为离我近些，黑住将车子停在了停车场门口，不靠着冲津宫。黑住第一个打开车门下来，他面带微笑地冲我点头打招呼。随后副驾的门也开了，下来的是一位行动迟缓的老警察，瘦瘦的，还有点儿驼背。我正担心他会跌倒，果然他一跤滑在了雪地上。我赶紧跑过去，从身后抱起他。

"没事吧？"我问。

"痛死了。"他只嘟囔了一句，就忿忿地甩开我的手，朝与尸体相反的方向慢慢走去。我不知道他要去哪儿，就一直盯着他，只见他刚走几步就站住了，开始四处张望。看了一会儿，他才慢吞吞地转过身来，大声问："尸体在哪儿呢？"我赶紧往反方向指了指，地缝和尸体在那儿。于是他又慢慢地走了回来，嗔怪道："怎么不早说？"他缓步朝地缝走去。黑住对我说："我刚看到日照师父了，问他要不要上车。他说他想先在周围看看。你看，他来了。"

日照和尚穿着外套出现在了大鸟居下面，手里提着一个紫色的包袱。他走惯了雪地，虽然脚有些瘸，却迅速走了过来。

"哎呀呀，你们都没事吧？"离得老远他就大声问起来，"好大的地震啊。我们庙里也震碎了不少玻璃。"

他说："这下玻璃店发财了，托地震的福。这里玄关的玻璃也碎了啊。"

"屋里更惨。走廊上的玻璃全碎了，幸亏人没事。只是刚才菊川师父癫痫发作，现在已经好了。"

"癫痫？"

"是的。"我把刚才发生的一切简单地介绍了一下。

"是吗？这边的神官有癫痫啊？我给你们带了午饭，是饭团，育子夫人做的。反正这里没食材。"

"太感谢了。"我说。听他一讲还真觉得肚子饿了。

"又冒出了一具尸体？"日照问。

"是，在那儿。"我说。大家一起追上了前面的老警察，他走得实在慢。就是他打算骑自行车，登上积雪的山路到这里来的吗？还说天黑前能到，恐怕我们得等到后天了吧。

"刚才不是说尸体在这里吗？哪里有啊？"我听见他自言自语。一个人气呼呼地往前走。

"这么简单的事都搞不好，不专业就是没用。"

"他好像很生气啊。"日照低声说。

"会被他听见的。"我也压低了声音。

"不会，不会，他耳朵背。"日照说。

"啊？"这种人怎么能当警察，万一来了强盗可怎么办？

"他家以前当过宪兵，理所当然地要耍耍威风。平时大家也就给他点儿面子。"住持说。

"啊。"

"乡下多的是这种人。"

"就是。"黑住也跟着点了点头。

"警察人呢？"住持问。

"不，那不是……"我用手指了指前面的老警察。

"他不算。有没有能办事的？"

"马上会来的。冈山县警跟津山的，说是半小时后到。"我看了看手表说。

地缝就在前面了，老警察见状也加快了脚步。

"那个啊。"他说。

"在那儿啊。"日照也说，"这么大一道缝。"

我瞅了一眼黑住，他见到地缝也没开口，一言不发。

"是地裂开了吗？"老警察装模作样地说。他走上前去，站在地缝边上朝底下看，刚准备弯腰，脚下一滑就掉了下去。

"啊。"我叫了起来。

"哎呀，哎呀。"日照说。

"他掉下去了。"他冲我小声地说，"这下干不了活了，县警怎么还不来？"

"疼，疼，疼死了。快把我拉上去。"老警察人在底下嘴仍很凶。

我赶紧过去："我这就拉你上来。你先别动，保护好现场。县警的人关照过。"

"我脚扭了。疼死了。快点儿，快拉我上去，少磨蹭。"

"他根本不听你的。"日照说。

"是不是听不见啊？"

"阿研，你到屋里去借一根绳子来，就说老警察掉进地缝里了。二子山不是在里面吗？"

"他在。"我说。

"赶紧的啊。"

"知道了。"

"快点儿，快一点儿。"老警察嚷嚷着。

"稍等一下。现在夫拿绳子了，洞太深，手够不着。"住持对地缝里的警察说。黑住已经从雪地上跑回去了。就这一会儿工夫，雪和冰水一直在往地缝里落，它们都砸到了警察头上。警察更恼火了。

"快点儿，快点儿啊。你们在干吗？不把警察放在眼里啊？"老警察不停地嚷嚷。

"我们没有。"日照说。这时黑住已经领着二子山、里美跟雪子从屋里跑了出来。

"是警察掉下去了吗？"二子山问，他手里拿着一根很粗的绳子。

"对,掉下去了。"日照说。

"还真够巧的。"他随口说道。

"没有合适的。这根还比较粗。"二子山说着跑过来,靠在我身边将三米长的绳子丢进了地缝。

"警察老爷,你抓着绳子,我拉你上来。"二子山朝底下叫。里美牵着雪子的手,远远地站着。

"他怎么就掉下去了?"二子山问我。

"脚下打滑。"我说,并没有人推他。

"天哪,这绳子太粗了。"老人在底下叫着。

"你就别挑三拣四了。赶紧抓住。"日照劝道,"老头真够烦的。"

"好了吗?我拉了啊。"二子山冲底下看了看说。

"好了,好了,赶紧拉。"

于是二子山、日照、里美、黑住和我一边留心着脚下,一边用力拽着绳子。老警察很瘦,身子轻,很快就被拉了上来。警察的头露出来了,天哪,他竟然还戴着警帽。我们好不容易把他拉到雪地上,他指着下面就吼了起来:"那下面有一具尸体。"

"就是为这个才叫你来的。"日照说,"你忘了?"

"痛,痛死了。我的脚大概扭了。妈的,动不了了。"

"那我扶你到屋里休息一下吧。县警跟津山的警察马上就来了。"听二子山这么说,老警察嚷嚷了一句:

"好吧。只能这样了。"二子山和日照将他扶起来,他搭着二子山的肩膀,一起去了菊川家。我们目送他们走了几步,日照不放心,又跟了过去。见此情景,里美她们也一起进了屋。外边只剩下我跟黑住两个人。

收回视线后,黑住在裂缝前蹲了下来。他独自盯着洞底,就是疑似大濑真理子尸体躺着的那个方向。我有些担心,站在他身后,一时也不知该说些什么,就没有开口。他紧紧地盯着那头脏兮兮的女人头发,黑乎乎的,有一小块因为已经干了,看上去略微发白。可能地缝里全是黏土吧。

"为什么会被埋在这儿?"我提了一个最想问的问题。从现场的情况看,这很不合逻辑。黑住蹲在我身下,我看见他默默地摇了摇头,一言不发。

"是不是真理子?"我问。

他先是一动也没动,过了好久才慢慢地点了点头:"是的。我看见和服里面的卫衣了。是她那天穿的卫衣。"

"和服里面用得着穿卫衣?"听我这么问,他又摇了摇头。

"我不知道。"他慢慢地站了起来。

"外面还要穿红色的裤裙吧?"

"是的。"他说。

"我什么都没有为她做。她那么烦恼,我也没叫她辞职。也没帮她家耕地,又没钱借给她,连她的爷爷奶奶也没去看过。我什么都没做。还什么都没做,她就遇害了。"

"你不是没做,是没法子吧。你自己还这么年轻。"

"是的。我太年轻了。"他接受我的解释,点了点头。

"你正准备去做,是不是?一旦你们结了婚,你就会为她做很多很多事。"

"是的,很多很多。可现在也能为她做呀。"

"是吗?"

"至少我不能眼睁睁地看着她遇害。"

我不知该说什么,便没有开口。

"我真是孬种。"他说着抬头看向一棵杉树。

"不是的,你别这么想。"我说,黑住慢慢地低下了头。

"我现在还能做些什么吗?"他喃喃道。

"可以给她好好办个葬礼,然后……"听到我的话,他抬眼看了看我。

"然后什么?"他问。

"把凶手……"

"把凶手?"他紧盯着我,眼睛都要冒火了。

"把凶手……"我话刚说到一半,他就吼了起来:"把凶手杀了!"

说完他就要走,我一把抱住他的肩膀:"等一下。"

"我要去杀了他。你放开我。菊川杀了真理子,我要杀了他!"

"等一下,听我把话说完。"

"不,那家伙把我们全毁了。真理子每天都跟我念叨,我们要一起住在哪里,怎么种地,搞个种蔬菜的大棚,如何装修房子。她每天都跟我念叨。现在全完了。你放开我。"

黑住拼命挣扎,甩开我的手就跑。我追上去,抱住了他的腿,两个人一起摔到雪地上。

"放开。你干吗?你根本不懂我现在的感受。"

"我懂的。"我叫道,"就是因为懂,才不能让你去。"

"啊?"他说着,瘫软了下来。

"我也有过这样的经历。为此痛苦了二十多年。晚上失眠,根本睡不着,难过到患上忧郁症,好几次都不想活了。我跟你一样,也跟你现在一样。"

"啊……"

"你不知道杀人有多痛苦吧?痛苦得要命。我多少次后悔自己当初怎么这么不冷静。多少个夜晚都一个人咬紧牙关痛哭不止。我好后悔,后悔死了。如果当初冷静一点儿就好了,如果当初再好好想想就好了,如果当初听听朋友的劝告就好了。可一切都不能挽回了,只要做了,它就再也抹不掉了。"

沉默。我缓缓站起身,黑住也站了起来。

"你才十九岁。我已经五十多了。那是我年轻时候的事。那时我跟你一样年轻,已经是三十年前的事了。所以,请你听我说完,好不好?"

"嗯。"他说,"我听。"我看见他的脸上流下了一行眼泪。

"菊川可能不是什么好人,不,你一定会说他是个混蛋。可现在我们没有证据,他自己也不承认,而且我们还不能肯定死的就是真理子。"我指着尸体的方向说。

"就是真理子。"他很肯定。

"好,就算是真理子,你就这么肯定?"

"我肯定。不会弄错的。她的发质,额头的样子,耳垂,哪怕弄得再脏,就算都烂了,我也认得。老师从前您也是这样吧?"被他一说,我的心像被刀子剜了似的,胸口一阵剧痛。

"嗯,嗯,是。我讲错了。确实,你当然能肯定。你知道的。"

"是的,我知道。"

"可不管有什么理由,杀人,不,哪怕是打人,打伤别人也是伤害罪啊。万一把人打死了,马上就会被捕的,即使对方十恶不赦。在如今的社会,尤其是乡下,一个人有了前科将难以生存。再说菊川已经老了,又有癫痫,属于弱势群体。"

"弱势?他弱势?你知道有多少人被这个放高利贷的、傲慢无礼的家伙搞得痛不欲生?"

"就算如此,他的健康依然属于弱势的一方。法院会这么判的。只要是以暴力罪起诉,被告必输无疑。即使不坐牢,杀人犯也很难在社会上立足。而且现在警察就在里边,马上要参加研修的律师也在。等一下县警跟津山市的警察都会赶过来。时机很糟糕。你还是冷静一下吧。"

黑住听得垂头丧气。

"听懂了吗?"

他沉默了许久,才说:"说实话,我不懂。您说的我听不懂。这么等下去,能改变什么?等下去真理子就会高兴?光这么等,连女人也会,这不就是胆小鬼吗?"

"被抓去坐牢就不是胆小鬼了?"

"我没那么说。我只是说不冲进去的话就是胆小鬼。"

"那你知道冲进去的后果吗?"

"是,当然知道。可真理子已经遇害了呀。"他用满含着泪水的眼睛看着我,指着洞底大声叫道,嘴唇哆嗦着。

"如果老师您最重要的人遇害了,您也能不动声色地等着吗?我不相信哪个女人会这么希望?"

又是一行眼泪从他面颊上流下。我什么也说不出来,他的情况跟我之前确有不同。

"至少要等确定了凶手以后吧。"我好不容易才说出一句。

"会确定吗?"他问。

"会的。"我干脆地回答。

"就算确定了。"黑住轻轻摇了摇头,"菊川那个老狐狸,太狡猾了。他特别能狡辩,又懂法,绝对不会露出马脚的。"

"虽然他在放高利贷上很有一套,但现在发现的是尸体……"

"尸体也一样。谁能证明是他干的?下面水泥那么厚。那么厚的水泥,他怎么把尸体埋进去的?法律上的事我虽然不太懂,但判刑需要证据吧?怎么证明呢?他怎么把尸体埋到下面去的?而且还单凭他一个人。他那么精明,做事也很巧妙,在信众中有很多支持者。但凡见到有利用价值的人,他就会出钱收买。所以没法证明的,证明不了。"

我不知该说些什么,就一直没有开口。这个案子确实很难破解。

"别人的话我可以不听,既然老师您开口了,那我就……"黑住松口了。

"那你就相信我一次,好好待着。我们一定会曝光他的罪行,让他得到法律的审判。还真理子公道,一定会的。所以你再等等,先别动手。"我说。黑住默默地点了点头。

"那我们进去吧。"我对他说。

5

我和黑住一起进了冲津宫，大家正在拿胶带往碎玻璃窗上贴纸。若放在平时，大家会用厚点儿的纸，可这回数量实在太大，大家就只能先拿报纸代替了。窗纸一贴上，屋里就变暗了。

黑住去帮二子山干活。菊川也基本恢复了正常，忙前忙后地给大家准备贴窗纸。老警察扭伤了脚，屋里点了取暖炉，他就坐在沙发上睡着了。我看里美差不多干完了，就扯了扯她的袖子，将她带到没人的大厅里。雪子则去给二子山帮忙。

"里美，我想跟你打听一下。"

"什么事啊，老师？是我知道的吗？"里美说。

"只有你知道。"我说。

"黑住刚跟我说，菊川师父缺点很多。"我压低了嗓音，"他说外面真理子的案子，也跟菊川脱不了关系。"

"哦哦……"里美也放低了声音。

"你也听说过？"

"听说过。我也怀疑他。"

我不再说话，沉吟了片刻道："你昨晚说，找不到尸体，菊川又不去自首，这个案子就无法起诉。现在尸体找到了，虽然还不敢肯定就是大濑真理子，但黑住认定就是她。如果这件事能确定的话，可以起诉菊川吗？假设你就是检察官。"

"这也不行。"里美当即答道。

"可……"我有些急了,刚想说这对黑住太不公平了,终究没说出口。太冲动也无济于事。

"不认罪也能审理吧?"

"这当然可以。如果被告什么都承认的话,就不需要法院审理了。只是检察院必须提供证据。"

"哦哦。"我点了点头。

"老师,你的起诉理由是什么?"

"起诉理由?"

"就是你想控告他什么罪名?"

"当然是杀害真理子。"

"对呀。所以检察院必须填写一份材料,说明菊川是在什么时候、哪里、怎么杀害真理子的。所有的细节都必须清楚无误。"

"把他抓起来一审不就知道了吗?"

"是的。但也不能胡乱抓人。没有确切的证据,就没法颁发逮捕令。"

"逮捕令由谁发?"

"检查院。所以这当中很麻烦,不只一点。"

"什么?"其实我也猜到了几分。

"菊川是怎么把真理子埋到那么厚的水泥地下面去的?如果起诉菊川的话,他的律师肯定得追究这件事。"

我默默地点了点头。

"嗯,没错。"

"还有,真理子是什么时候被杀的?真理子失踪当时,周围不是有很多信众吗?他们都说那段时间听见了从正殿传来的鼓声。杀人的时间、埋尸的时间和场所都没有,起诉材料没法写啊。"

"可过去不是也有姓名不详的案子吗?"里美听我这么说,笑得弯了腰。这是我第一次觉得,里美的能力已远远超越我了,平凡的我根本无法企及。面前的她俨然是一位法学家。

"那就写——被告姓名不详,以不明手段,在不明场所将大濑真理子杀害了?这到底在起诉谁呀?"

我咬了咬嘴唇。里美见我迟迟不说话,只好说:"不好意思啊,老师。我太狂妄了。"

"没有,没有。你说得对。那我们能不能从放高利贷的方面……"我迫不得已地说。

"是啊。如果他有此类违法行为,可以另行起诉。"

"不,这不行。"日照和尚进来,插嘴道。

"你们是在说菊川吧?"他边说边往我们跟前来。

"我本来不该多嘴的。我一个和尚,管人家神社的事,那还不得引发宗教矛盾?"他凑近我小声说,"其实他的事,我也有所耳闻。之前我一直没打算说,可他确实做了许多坏事。放高利贷,欺男霸女。你们稍微过来点儿,离外屋远些。"

日照把我们带到大厅的一个角落。

"所以我也暗中调查过菊川的情况。刚开始他确实获取了暴利。通过中间人、手机网络什么的，私下放高利贷。可这些都不犯法。后来法律条文改了，银行调整了贷款利率，他也马上降低了利息，做了调整。他动作很快，丝毫没有露出马脚。"

"哦哦，那……"里美说。

"而且他用的人都有把柄在他手里，一旦时机成熟就换人、再换人。他从不跟人深交，也不信任何人，况且他出手大方，所以没人说他的坏话。要通过放高利贷来起诉他恐怕行不通。"

"哦。"我抱着双臂。

"那真理子的事情呢？"

"这个嘛，应该可以。"日照马上说。

"他是不是一直在强迫她？那我们从这个方面入手。"

"光是强迫并不构成犯罪。"里美说。

"可不光如此。"日照说。

"你说不光如此？"

"嗯，不光如此。"

"你说不光如此，那是？"我问。日照这半截子话很奇怪。日照抱着胳膊，沉默了很久，才说："他们家的田跟别处不太一样。"

和尚说的完全是两码事。

"啊？"

"存不住水。土质很吸水，所以田里的水很快就流失了，不好弄，大家都看不上。"

"大家是谁？"

"就是农业耕作法人。"

"农业耕作法人？"

"对。"

"什么意思？"

"现在村里的农业生产形态改变了，跟以前大不相同。由于土地规定有所缓和，企业对农用耕地的投资最大可以达到百分之四十九。尽管目前他们没有农耕地的所有权，但也是迟早的问题，所以很多企业都将目光瞄准了农业。"

"哦。"

"有些建筑公司，将施工的效率化管理带到农业生产上，发展机械化种田。不过这都是别处的事，我们这里还没有企业进驻，因为这里山地多，总下雪。就连县警也很少来。村里的警察就剩卜屋里躺着的那个半死老头了。加上村民老年化，许多田没人耕种。有段时间大家都去购买农机，可设备投资都是赤字，种田变得极不划算。于是就出现了法人农业。由企业来租借闲置耕地，统一耕种。企业开始大规模地分配土地，决定各处的生产任务，用最少的农机同时在大面积耕地上高效地耕作。再用所得的收获支付土地的租金。"

"哦。"

"有一种叫耕作经纪人的，负责到各地调查耕地的土质，制定合理的耕种计划。可大濑家就没那么幸运。"

"什么意思？"

"首先他们的地在山阴，太阳照不到。要跟其他的地用同一种方法大面积耕种的话，肯定没有好收成。况且她家的地存不住水，得另外想办法。"

"哦。"

"这样啊。"我们说着都点了点头。

"所以呢，农业耕作法人就看不上它。可她家又都是老人，根本没有劳力。小辈又是女孩。出于无奈，他们只好低价出租土地。有了这些缺点，企业就找到借口了。我猜他们一定推说她家的田很难弄，不想要。"

"啊。"

"这么一来他们家的债务就增加了，又偿还不起。家里只剩爷爷奶奶，日子越过越难。当然村民们都不富裕，和他们情况相似的也很多。"说着和尚叹了口气，压低了嗓门说，"所以大濑一家的生计就都压在了真理子的肩上。"

"太可怜了。她才那么小。"里美说。

"然后呢？"见和尚不说话，我又问。

"你们千万保密啊。这话我只跟你们说，绝不能告诉黑住，也不能跟别人讲。要不是发生了凶案，我谁也不会说的。"

"好的。"我说。

"我是想帮你们破案。"和尚又轻声道，"听说菊川每个月给真理子开八十万的工资呢。"

"八十万？！"我也压低声音，里美瞪大了眼睛。

"跟银座的月薪差不多了。"

"我也没去查证过。很多人都这么传。我也觉得不可思议。可他们家若没这么多收入根本撑不下去，所以金额上很合理。"

"一般工资都这么高？"

和尚皱起眉头，摆了摆手："不可能，不可能。一般不会付这么多。她一个打工当神女的。我猜是津贴。"

"津贴？"听见我说，和尚点了点头。

"他们俩一定有事。我，不，我也这么觉得。大家都这么说。"

大家都不说话了，看来蒙在鼓里的就只有黑住一个。

"都是猜的吧。"里美声音也很小。

和尚摇了摇头："不是。菊川跟很多熟人都讲过。"

"啊？"里美叫了起来。

"你小声点儿。他跟人家讲真理子身子什么的下流话，说她哪里很敏感什么的。"

"卑鄙。"

"喝酒的时候聊的。"

"这种人还当神官？"

"那这次……"我话刚说了一半，住持就说："不，我不知道。后面都是我瞎琢磨的。这里以前就常出这种事。村里常有淫欲、偷情之类的丑闻。听说他们俩在一起很久了,大概两三年。所以菊川也花了不少钱,不结婚的话可能本钱都赚不回来。"

"可他们并没说好要结婚吧?"里美忿忿地说,"这太荒唐了。要不是拿了那么多钱,真理子绝不肯跟他发生关系的。现在要她还钱,太说不过去了吧?"

"不是,我也不知道菊川有没有叫她还。"日照说。

"肯定说了。要断绝关系就还钱什么的。"

"反正,通过这条线起诉他怎么样?再告他行凶……"我说。

"不行。除非真理子自己提出申请。"

"啊,可她已经死了啊。"

"而且他们之间只是口头上的协议。"日照说。

"哦。可杀人动机就在这里了吧?要么是菊川把放高利贷赚的钱一大半都交给了真理子。要么菊川为了维系两人的关系才放起了高利贷。之后菊川很可能是发现了真理子不同意结婚,恼羞成怒,一时失手杀了她。"

"这当然有可能。"

"啊?"

"原本就是冲着钱才发生关系的,现在又要结婚,真理子肯定不愿意。当然不会答应。那些钱本就是她应得的。真卑鄙。"

日照默默地摇了摇头。这时,里美的手机响了。

"喂,你好。"刚才还气鼓鼓的里美,立刻恢复了平静。

"好，好。"她边点头边听电话，似乎对方要说的有些多。她便拿着电话朝与大厅相反的方向走去。

"好的，好的，我跟大家说。有什么情况我再联系你们。"里美说着又走了回来。

"是田中的电话。他说大雪封住了一部分的铁轨，而且路上也不大好走。"

"啊。"我说。

"所以今天来不了了，明天他会尽快过来。"

"之前不是说能来吗？"

"是说过。但铁轨上遇到了雪崩，而且不止一处。加上刚才又发生了地震。说是到新见才听到广播，说姬新线停运了，只在某一路段往返。所以他们只能先回去。绕道新见或者津山也不行，实在没办法。"

"这样啊。那没办法了。"我说。

"所以他说先回去了，叫我们有事就给他打电话。"里美说。

大家回到屋里，屋里开着取暖炉，日照拿了饭团递给大家，午饭时间早过了。里美边吃饭团边跟大家传达了田中的意思，叫大家想想如何善后。可大家听说警察来不了，一时半会儿也想不出什么好方案，只能先等着。我也是一样。

但无论如何大家不能都等在这里。日照得回法仙寺去，里美跟雪子也得回龙卧亭。刚才的地震可能对法仙寺和龙卧亭都有影响。天马上就要黑了，冬天的日头太短。

二子山也想回释内教去，可他的车子还埋在雪下，且回程有些路段雪很深，恐怕走不了，大家劝他还是先回龙卧亭。

"明天早上，县警一定会来吗？"黑住问。

"就算约好了，也得看天气。"日照说。

"不知道雪崩严不严重。"

"肯定严重，电车都折返了嘛。"听里美这么说，黑住接口道："之前遇到这种情况，得三天才能恢复。这次的雪更大呢。"

"可能得花更长时间。"二子山说。

"他们明天也不一定能来。"听见黑住说，二子山重重地点了点头。

"那怎么办？"日照问。

"我想把真理子从那地方弄出来，入殓后摆到暖和点儿的地方去。"黑住说。

"哦，哦。"日照也表示同意。

"至少要给她念念经。就这样让她在冰天雪地的泥巴里待一个晚上，或许还有明天一天，我心里……"黑住说，我也点头，知道他有多难过。

"我还想给她把身子洗干净。既然弄出来了，最少得换身干衣服吧。"

"对。"二子山也很赞成，"可能她本人也觉得底下太冷，才自己冒出来了吧。"

"那里全是泥和雪，肯定冻坏了。如果县警暂时来不了，也不能一直让她待在那儿啊。"日照也说。

"能不能问问田中。正好我们这里也有一位警察，能不能让他监督我们把真理子弄出来入殓。"黑住说。大家都沉默了，日照看着里美，我也看向她。只见她拿出手机，拨了几个号码："田中君，我是犬坊。我们刚才商量了一下……"

她把黑住的提议告诉了田中。可对方似乎不同意，她反复解释了好几次。

"我们知道要保护现场。如果明天一定能来的话，我想黑住也会同意。明天……哦，好吧，这样啊。"里美拿开手机，冲着我说："说是电车明天也停运。"

大家都议论起来，黑住的脸色特别难看。

"嗯，那还是……"里美又冲着电话解释了一通。

"他问有照相机吗？"里美问大家。

"有。"黑住说。里美转述给了电话那头。

"说是得用高级一点的单反。"里美又问。

"我有。"日照说。

"有的。好。"里美拿开电话又问，"他问有卷尺吗？"

"卷尺？！"二子山说，"冲津宫，你们有卷尺吗？"

"有的，有的，我家有。"里美想了起来，大声说。她又跟电话那头讲："有。好，这样啊。好，知道了。"

里美开心地说着，挂了电话。

"他说要我们准备一卷以上的胶卷，把现场的每个角落都拍下来，尤其是尸体的形态，从近到远，各种角度都得拍，多拍几张。在搬动之前，能拍多少就拍多少。"

"太好了。"黑住说。

"他让我们一定要等拍完照再搬动尸体，最好还能画张图，测量一下，把数字标在图上。"

"那我们现在一起回去拿相机跟卷尺，再过来这里集中。然后把所有细节都拍成照片，数码相机也拿过来。快点儿，天快黑了。"二子山说。

"对。天一黑就什么都干不了了。"日照也说。

"得留一个人看着外面的尸体。"我说，如今不能再让真理子的尸体有任何损坏了。

"我来吧。"黑住说，"反正我也回不去。"

"对，对。老警察也在，你们一起吧。"日照说。

"不用看了。这里又没人来。"菊川说。

"手机的相机行不行？"里美没理他，问道。

"手机就不用了。"日照说，"像素恐怕不够。"

"那我去给她准备神道的葬礼。"菊川说。

"不用。"黑住严词拒绝。

"为啥？她在我这里打工啊。"

黑住强忍着怒火，说："我想请日照师父主持。"

"为啥不让我来？我会真心实意地给她写一份诔

文的。"

"不用了，菊川。人家未婚夫开口了，还是我来吧。"日照说。

"他还不算未婚夫呢。"菊川板起脸，神情严肃，脸越来越红，"一般不都这样吗？这里是我们的圣域，真理子是死在我们神社的，干吗要搬到别人的庙里去？她还是我们神社的神女呢。我来写诔文，这也是我的职责。没你们说话的分。"

"冲津宫，算了，还是听大家的吧。"二子山劝道。菊川涨红了脸，冲着二子山说："你说啥？亏你还是神职人员，怎么跟他们混在一起？"

"瞧你说的。"

"你要开口，不也得站在我这边吗？你也是神职人员吧？"

"别发动宗教战争了，这里又不是以色列。"

"什么以色列，本来就是这样的。你身为神职人员，不感到羞耻吗？"

"我有什么好羞耻的？"

"你一个神职人员，天天跟和尚走在一起。你一点儿觉悟都没有吗？"

"和尚怎么了？"日照也板起脸，"别口口声声说和尚，和尚哪里不好了？你们每天携手并肩的，干什么呢？幼儿园小孩做游戏啊？精神病。"

"幼儿园……"

"放高利贷欺负人，不就是幼儿园做的事吗？"日照十分平静地说。

"什么高利贷。我是借钱帮人家一把。"

"帮人？那你为什么强迫真理子？"里美说，我赶紧捂住她的嘴，生怕她一着急，讲出些不该让黑住听见的话。

"算了，反正大家都聚在这里，就由我来写诔文，我来主持吊唁，行了吧？"

"我不用你写。"黑住站起来叫道，"你再也别想碰真理子一根指头了。"

菊川被吼蒙了，转而怒骂道："闭嘴，你这个小毛孩子。臭小子，哪里轮到你嚣张了？"

"我知道你都做了些什么。每天跟真理子说过些什么，她有多痛苦。这些我都知道。你别再说了，别让她死了还那么痛苦。你就老实待着，别再打真理子的主意了。"

"闭嘴。你别搞错了。你知道什么？你什么都不知道？你不了解真理子，根本不知道她的为人。"

"你才不知道。"

菊川冷笑起来："你上了真理子的当了，小毛孩子。"

黑住跳起来一把抓住了菊川，我也赶紧跑过去，拼命地挡在他们中间，抱住黑住。黑住放开了菊川的衣领，菊川整了整衣服，说："你干什么？我要报警。"

日照赶忙说："在，在。已经报了，警察就在这儿呢。"

老警察坐在沙发上，发出轻微的鼾声。

"你总有一天会被抓去警局的。"黑住气喘吁吁地说。菊川见我抱着黑住，也嚷道："什么？你说话得有证据。"

说着菊川也站了起来，二子山赶紧过去抱住了他。

"我知道，就是你杀了真理子。"黑住从我身边探出头叫道。

"什么？我怎么杀的？我怎么杀了真理子？又怎么把她埋到水泥地下去的？你胡说什么呢？你要说我是凶手，你就拿出证据来。证据。"

"好，我一定会找到证据的。"

"找到证据。就你？"菊川说。

"我会找到的。"

"黑住，你找吧。就你那笨脑袋。乡下臭小子。"菊川说着又冷笑起来。

"你闭嘴。"二子山严肃地说，"你不能侮辱老百姓，我们需要大家的支持。"

"什么？你们神社是便利店啊，释内教。难怪你们没有香火。老百姓靠的是我们啊，你弄反了吧？"

"你想错了。"

"闭嘴，你这个叛徒。"

"叛徒？什么叛徒？"

"不是吗？你懂得诸神的旨意吗？"

"这不用你教。"

"他们都是舶来品。什么佛祖、基督，全是洋人的东西。我们的祖先和神道才最尊贵。"

"你现在说这个干什么？又不是苏我和物部的年代。"

"菊川，你没资格谈论这些。"黑住生气地叫道。

"闭嘴臭小子。有本事就拿出证据来，证据。"

"我会找到的。"

"就你小子能找到才怪呢。精神病。"菊川骂道。

黑住咬了咬嘴唇，说："就算找不到，到时候我也会杀了你的。"

"傻瓜，那你自己就成杀人犯了。"

"我不怕，我一定要给真理子报仇，我不怕。"

"一群混蛋，你们这么多人跑来欺负我一个。"

"反正我要把真理子的尸体搬走，一分一秒都不想让她再留在你这儿了。"黑住叫着。

"我要报警。"

"已经报了。"日照说。

"你不满意就冲我来吧。我奉陪到底，到时候我杀了你，然后开开心心地去坐牢，上绞刑架。可以了吧？"

菊川挣扎着，摆脱了二子山的束缚。

"怎么样？行了吗？你。"日照探出头去问菊川。

"随你们的便。释内教，你会遭报应的。走着瞧吧。"

"我吗?"二子山指了指自己。

"不会的,不会的。"日照摆了摆手。总之事情就这么暂告结束了。

"那我再准备一口棺材,去把伊势叫来。"日照说。

6

后来黑住驾着他的小四驱来回了好几次,才和我们一起回到龙卧亭。日照和尚则去法仙寺了。

没想到地震对龙卧亭的破坏并不大,听说三楼的窗户竟全然无恙。可一楼的窗户叫坂出、育子和通子费了很大的劲,才用纸糊好。瞿女士怕自家房子出事已经回去了,我们都没见到她。

龙胎馆这边的窗户,至少我屋里也都好好的。这里的损失远没有大歧岛严重。可能震源在山那边,地震波传来时被大歧山挡了一下,缓解了对龙卧亭跟法仙寺的影响。

里美把雪子交还给她妈妈后,就钻进了龙尾馆的储物间去找卷尺。又借了她母亲的数码相机,跟我们一起出了大门。她说卷尺是之前设计龙胎馆时,测量尺寸留下的。

我们在雪地里等了一会儿,黑住的车就到了,他也从家里拿来了数码相机。另外还带了素描本、铅笔、签字笔、毛毯跟绳子。

"可以用这条毛毯吗?"我问。

"可以,本来就不要了。现在拿它包真理子吧。"黑住说。

"这些是真理子喜欢的衣服,我刚才顺道去大濑家拿的。"他说。

我跟里美坐在黑住车子的后座,车刚开到法仙寺门口,就看见日照站在那里,脖子上还挂着尼康F4相机。

"好高级的相机。可棺材呢?师父。"里美问。

"放不下,放不下。"日照摆了摆手就往副驾驶上钻。

"你说什么放不下?"

"第一是这辆车棺材放不下。另外尸体已经僵硬了,棺材里放不进去。硬放的话,会弄脏棺材。所以我想还是先清洗尸体,再入殓。最重要的是我们得赶紧回大歧岛神社去,免得菊川在尸体上动手脚。"和尚也这么说,可见菊川的为人实在不怎么样。

等我们把车开上大歧岛山顶,从鸟居边进入神社停车场时,就看见二子山跟老警察正并排坐在从屋里拿来的两张钢椅上,两人都冻得直发抖。菊川没和他们在一起。

太阳已经西下,天色渐渐暗下来,寒气更重了。每当傍晚,大歧岛神社周围的高大杉树就会把树影全部投射在停车场上,遮住所有光线。可拍照时还不需要打闪光灯。我让车子直接开到地缝边上,觉得这样比较方便搬运。

"你可别掉到地缝里去，就停这儿吧。"日照说。车子熄了火。二子山看见我们从车上下来，就从椅子上站了起来，朝我们走来。我也上前去，问："后来菊川神官没有靠近过尸体吧？"我担心出意外。他摇了摇头。

"没过来。他一直在屋里待着，我们一直都守在这里。"他说。

我们立即着手拍照。大家都走到能看见尸体的裂缝边去，尤其日照的F4带着长镜头。他拿着相机时站时蹲，远远近近地拍了好几张。又走远一些，拍了几张放大的照片。

幸亏尸体脸朝下，否则我怕黑住撑不住，被悲伤跟愤怒冲昏了头就糟了。那样一来，身边的菊川就危险了。我问黑住要不要紧，只见他脸色苍白，平静地说了一句："没事。"

里美也在拼命地按着快门，数码相机时不时会自动闪光。

"里美，你没事吧？"我问。

"是有些可怕。不过大家都在，我就当实习了。"她说。

于是我跟二子山就拿起卷尺，测量了冲津宫到地缝之间的距离，以及周围杉树林到地缝之间的距离。地缝在水泥广场的最边上，离杉树跟山白竹林很近，大概还不到两米。

接着我们又测了地缝的长度、上下的落差。倾斜的一侧特别低，也就是斜坡的那一部分整个滑下去了，导致上方的水泥地也跟着倾斜过去。我们还测量了地缝的宽度，以及地缝各处和尸体之间的距离。我们把这些数字都标在素描本的简图上了。

刚才老警察掉下去的地方，有一些被他抓坏的墙皮，埋在了底下。所幸离尸体比较远，没有破坏到尸体。这时，菊川神官走了出来，跟老警察并排站着看我们干活。

"那位老警察怎么称呼？"我问二子山。

"好像姓运部。"

"运部？"

"都拍好了。"日照高声说。

"我也拍好了。"里美也说。黑住没说话，点了点头。

"那就这样吧。我们把尸体拉上来。"

"别，还不行。"我赶紧阻止，"得用绳子把人放下去，从尸体边上拍几张特写。现在尸体上都是雪和泥，得弄干净再拍。"

"确实有很多东西遮着，看不清楚。唯一能看见的就是头发。"二子山说。

"谁下去？我的脚不行。"日照说。

"里美。"

"我不行。"

"那就只有我或者二子山了。"我说。这事不能叫黑住去做。

"我太重了吧？最近胖了。"

"不光最近吧。"日照说。

"就是最近。"

"别骗人了。我刚认识你的时候，你就这么胖了。"

"没有的事。我那时候比现在轻十公斤呢。"

"好吧，那就我来。"我说。最后还是我下去。

"老师，加油。"里美说。

"有没有小一点儿的扫帚？这么大。"我用手比画了一下，"得把尸体上的雪和泥扫掉，用手会留下指纹。"

"你屋里有吗？"二子山问菊川。菊川很不情愿地点了点头。然后慢吞吞地走回去，没一会儿他就又回来了，可能扫帚就在门口。

我拿着小扫帚，脖子上挂着日照的尼康F4，把绳子捆在腰上，顺着绳子下到地缝。尸体边上也没有平地，整条裂缝向下延伸着，一眼望不到底。我两只脚踩住墙，在离尸体最近的地方拍了几张照片。天太冷，手都冻僵了，脚底下又站不稳，照片拍得很辛苦。

那团乱七八糟、沾满泥土的女人头发此刻就在我眼前。头发早已失去了光泽，灰扑扑的，跟老太太的头发一样，谁都不敢相信这是一个年轻女性的头发。不过头发一半浸在冰里，所以并不臭。

我又换了几个角度拍了几张，才费劲地爬到尸体上方，尽量小心不去碰尸体。然后用双脚撑住两边的墙壁，拿扫帚仔细地扫去尸体上的雪和泥。由于我鞋上的泥也在往下落，所以总扫不干净。为了以防万一，我每扫一点，就拍一张照片，再扫一点，再拍一张。我挺直身子，尽量把尸体整个拍进去。

等我把尸体上的雪和泥都扫干净了，自己却吓了一跳。面前的景象出乎我的想象。我被惊呆了，甚至忘了拍照。

扫干净雪和泥之后，尸体的背部到臀部就都露了出来。尸体身上原本穿着白和服，如今全沾了泥巴，成了近似黑色的褐色。从领部略微可见和服底下穿了一件卫衣。可我当时所看见的，并不真实，更像是早上刚在龙卧亭浴室里见到的那幅睦雄绘制的油画。那幅奇怪的风景画好像预言了未来。画中出现的正是地下的这具女尸。

现在从地下冒出来的尸体就跟画上的一模一样，分毫不差，也没有了胳膊。两只胳膊齐刷刷地从肩部起就都不见了。

我之所以很快发现了这一点，是因为她身上的和服竟没有袖子。不单是和服，就连和服下面的卫衣也没有袖子。整具尸体像是穿着衣服被人砍去了双臂，而且是用刀生生砍掉的。

尸体只有左侧一部分向外翻着，所以我只能看见她左臂不见了，而右臂从这个角度还看不见，想必也没有了。若整条手臂还在的话，侧面应该能看见一部分手指，可现在根本看不到。

尸体上盖着雪和泥，站在停车场上，根本看不清楚。现在我下到地缝，靠近了才知道，大濑真理子的双臂都没有了，就跟那幅画上预言的一样。

"怎么了？"上面传来二子山的声音。因为我一直没动，他有点担心。

"没什么。"我回过神，继续拍照。再不抓紧天就全黑了。

"好了吧？把尸体拉上来，天快黑了。"日照说。

"好，给我毛毯。"我大声叫着，把扫帚和相机交给了二子山。

"老师，出什么事了？"里美问。我抬头一看，只见她正站在裂缝边上俯身看着我。

"里美，她的胳膊没了。"我说。

"啊……"里美也吓坏了。

"跟那幅画上一样。今天早上在浴室看见的，睦雄画的那幅画。"

"怎么会？"

"不知道。"我摇了摇头。

"会不会掉在哪里了？"二子山又问。

我再往地下看了看，没发现，便又摇了摇头："没有。"

"两只手都没有？"日照问。

我点点头:"都没有。"

"脚呢?"

"脚在的,两只脚都在。"

"哎,怎么又出这种怪事?"二子山说。

"你知道原因吗?菊川。"他问菊川。

"我怎么知道?"菊川气鼓鼓地说。

"给你毛毯。"日照蹲下身,把毛毯递给我。多亏黑住没在眼前,他此刻大概正在上面负责拿绳子、拉绳子吧。日照、二子山和里美轮流从绳边过来,查看情况。

我拿了毛毯,费了半天劲才爬到尸体上头,将毛毯盖在尸体上。之后我就考虑该怎么把尸体弄上去,可想来想去还是只能由我抱上去。我的手隔着毛毯一接触到尸体,立刻就觉得寒冷刺骨,而且硬邦邦的,一个人没法弄。可就此放手的话,尸体肯定碎了,必须小心一些。另外尸体被抱起来后也可能会散掉。

于是我隔着毛毯检查了一下尸体,觉得没大碍,才决心将尸体连毛毯一起抱起来。我一边抬一边快速地用毛毯裹紧尸体。既然动手了就不能再放回去,只能一鼓作气,弄到上面去。稍一停留尸体就会受损。

尸体跟我想象的一样硬,却很结实。裹着毛毯,我便不用去看她的脸。尸体很轻,我自信抱得动,便叫上面的人把我们拉上去。我手上有尸体,自己没法攀援。

黑住、二子山、日照,可能还有里美,在一起拉绳子,我只需将脚抵住墙壁,就一步步走路似的爬了上去，然后就直接去到停车场的平地上。

"老师，您别停，一直走，别放在地上。直接放到车上去。"日照大声招呼。大家松开绳子。黑住跑过来，将钥匙插进四驱的后车门，开门将后座朝前倒了下去，我等他弄好正要将尸体放进去，二子山也赶过来帮忙。黑住又从车里出来帮了一把。可放进去一看，车门还是关不上。

"还是关不上啊。算了，就这么开吧，反正也不远。"日照说，像是他要自己开车。

"能行吧？"日照问黑住。黑住默默地点点头。

"先把真理子运到法仙寺去吧。"我说。

"嗯，这样好。我已经叫伊势到寺里来了。"日照说。

"不用确认一下吗？是不是真理子？"二子山说。我们面面相觑，谁都没说话。一来大家现在都没这个勇气，二来就我跟老警察运部看了也没用，我们都不认识她。而且二子山跟大濑真理子也不熟。

"我看也没用。菊川，你来吧。"二子山说。

"不，不，我不看。"菊川说。

"我来看。"听黑住这么说，日照赶紧插进来："还是我来吧。你先等等。"

于是日照尽量挡住我们，只掀起尸体头边的一小块毛毯，随即又盖上了。"不行，不行。"他对大家说，"全是泥巴，黑乎乎的，根本认不出是谁。还是先运回寺里，洗干净了再说。"

大家都莫名地松了口气，没人愿意接受死者就是大濑真理子的事实。日照又把尸体两侧的毛毯掀开了一点儿，检查了一下肩膀。

"真的，两条胳膊都没了。被砍掉了。"和尚说，心中十分不忍，又低低地嘀咕了一句，"为什么要这么做啊？"

我也开始思考这个问题。这么做的人一定看过龙卧亭里的那幅油画。不然的话说不通，没理由做这么残忍的事。因为以龙卧亭为舞台的森孝传说里并没有说他砍了阿胤的双手，被砍掉双手的是芳雄。如果凶手只听说过那个传说的话，是不会这么做的。

唯有看过那幅画的人，才会把真理子的双手砍掉。凶手到底是谁呢？画画的应该不止睦雄一个。因为埋在地下的那没了双手的女人被用褐色颜料涂掉了，而且已经涂掉很久了。应该是在睦雄完成那幅画的时候就已经遮掉了。

是睦雄砍掉了死者的双手？这不可能。这具尸体的女主人2003年之前还在冲津宫当神女啊。时间上不符合。如果睦雄是凶手的话，这具尸体早就成一副骸骨了。

"里美。"我问。

"干吗？"

"那幅画，下面用褐色水彩颜料涂掉，不是最近的事吧？以前那幅画上有被埋在土里的女人？"

里美立刻把头摇得像拨浪鼓。

"没有。我妈也吓了一跳。那幅画放在我们家的时候下面就被涂掉了。我也是今天看了才知道的。我妈也说，她根本不知道那幅画下面还藏了一个女人的图案。"

"哦。画是什么时候放在你家的？"

"昭和三十年（1955）吧。我听说是。"

"哦。"我说着，陷入了沉思。就算那幅画是睦雄的作品，也仅油画的那部分，用褐色水彩颜料涂上去的有可能是其他后来的人。如果用水彩颜料遮住下半张图的人近几年才出现，也说得过去。他先用水彩颜料遮住埋在地下的无手女人图，记下这个画面，又在去年杀害大濑真理子的时候，复原了画中的情景。

可按照里美的说法，这种可能性就不存在了。她说睦雄的这幅画从昭和三十年以前就把地下女人的图案一直藏在了下面。它跟这次的案件就很难扯上关系。

黑住坐上了驾驶座。因为他一直开着门没动，我看了他一眼，他微笑着冲我点了点头，才上车。

后来我才意识到，他这一笑是在向我表示感谢。为此，我不禁心疼起来。现在无疑只有他才是最伤心的人。

7

大家回到龙卧亭后，很快就开晚饭了。独居中的日照也过来跟大家一起进餐。只是没看到㰀女士，黑住也没有回来。

"死的是大濑真理子吗？"席间我又跟邻座日照打听。他微微点了点头，简短了回了一句："没错。她的脸还能分辨。"虽然我早已猜到，但亲耳证实后还是很难过。日照说他还没有告诉黑住。

"我的车呢？"二子山问。

"还埋在雪下，不知道在哪里，得等雪化了。"和尚答道。

大家安安静静吃完晚饭，我上了好久没去的三楼。从三楼应该能看到整个贝繁村的雪景。我跟里美说了自己的想法，她也同意，而日照也表示想看看。于是我们就一起上去了。二子山饭后还在不断地给家里打电话。而坂出在跟育子聊天。

我们上楼进了屋，果然这里的玻璃窗完好无损。听说冬天少有人来，所以屋里非常冷。最近很少有人回这里来弹琴了。里美为了参加司法考试，也很少碰琴。

我们没有开灯，站在黑暗的屋里，透过残余的天光，看见眼前的雪景都被余晖染红了。里美赶紧去开灯，又去暖炉那儿点火。屋里一亮，光线就被窗玻璃反射回来，外边的雪景反而看不清楚了。

"里美，能不能先别开灯。屋里暗点儿，看得更清楚。"我退回墙边，把灯关了。于是窗外的雪景就像放电影一样映在眼前。

这间屋子还是跟过去一样没有挂窗帘，而且整面墙都是玻璃窗，将贝繁村的风景尽收眼底。远处斑斑驳驳的是大雪覆盖的群山，白色的大山被夕阳照得微微有些泛黄。虽说这里的农田都夹在山间，可从龙卧亭望去，它们依旧像一片广阔的田野。大型农机应该可以纵横驰骋。

我沉醉在这美景里，几乎可以永远欣赏下去。雪已经停了，若再来一场暴雪，一定又会是另外一番叫人惊叹的景色。

"这里的农业形态改变了，都是法人耕种了，对吗？"我问日照。

他点了点头，说："是，时代不一样了。"

"可也并非全部如此，听说借给法人的土地只占村中所有农田的多一半，可能现在更多一些。"

"那会不会也有不适合法人耕种的，又退回来的土地？"

"可能有吧。"和尚点点头，"种地可不简单。"

"通知大濑家真理子的事了吗？"

"还没有。不过，总得说，总得有人去说。"日照说完，闭上了嘴。

我也不再说话。三个人默默地站在昏暗的屋里，我感觉这世上总有很多伤心人，就算田园风景再美，也未必能治愈。我想到了黑住，他极力控制着情绪，沉默不语，冷静应对的样子。

"黑住一定伤心极了。"我说。

"确实。"里美也同意。

我回想起自己的过往。也曾经有一位比我的生命还重要的女性，说要与我共同生活，我也憧憬过。可就在那时，她遇害了，我亲眼目睹她的惨状，我没能像黑住那样保持清醒。他比我伟大。

"嗯，是个好姑娘啊。"日照说，"性格又豪爽。有谁帮她一把就好了。"

"帮一把？"我问，从暗处看了一眼日照的侧脸。远处雪光正淡淡地反射在他脸上。

"帮什么？"

"就是菊川的事嘛。有人早点儿收拾掉那个混蛋就好了。"和尚说。

"里美，那具尸体是真理子。"我转身对里美说。

"哦……"里美弱弱地说。

"菊川害死了真理子？"我问日照。见他在黑暗中微微一笑，像是苦笑，我不懂他这一笑的含义。

"不是？"

他沉默了片刻，说："到底是不是呢？"我也抱起了双臂。

"大濑真理子的手不见了，两只手都没了。对吧，日照师父？"我问。

"嗯，没了。"

"这也是菊川干的？如果他是凶手的话。"听我这么问，日照说："大濑真理子的尸体有些怪。"

"怪？哪里怪？"

"真理子的右手确实从肩部就不见了，可她右边的袖子还在。"

"袖子？"我问。

"嗯。"

"和服的袖子？"

"和服的，还有里面卫衣的。"

"啊，这是怎么回事？"

"卫衣是从肘部被撕掉的，可能因为死亡时间太久了吧。"日照说。

我陷入了沉思，这事太古怪了，匪夷所思。如果凶手是模仿森孝砍芳雄双手的话，那真理子的手一定会连衣服一起被砍掉。就算不砍断和服，那里面还有一件卫衣呢。不脱衣服，光砍手臂，这办不到啊。难道事先脱了她的衣服，砍掉手后，又给她穿上衣服？凶手为什么要搞得这么复杂？为什么不干脆连衣服一起砍了？

这兴许会是一条非常重要的线索。解释清楚个中缘由的话，大约案子也就破了。

"到底是谁做的呢？不砍袖子，光砍两条胳膊。不像是菊川？不是菊川？"我喃喃道。

"里美，我们搞错了？凶手另有其人？这可能吗？"

她"嗯"了一声，可毕竟还没成为真正的律师，不敢妄言。我抬起头，看见窗外的田野正渐渐沉入夜色，心情也越发沉重。原因是我读了《森孝魔王》的传说。看着眼前的风景，再联想起那个故事，我突然意识到种田的农民比从事其他任何一种职业的人都要艰难。

"《森孝魔王》，我读完了。"我对日照说。

"是吗？"日照说。他今天话很少，没再追问，眼睛始终看着窗外。

"里美，你读过吗？《森孝魔王》。"我又问里美。

"啊，没有。"她说。

"那你有什么感想？"日照问我，在黑暗中紧紧盯着我的脸。

"我想起了犹太神话。总感觉犹太人跟日本人有些相似。"

日照默默地点了点头，又看向了窗外。

"人若日子过得太苦，总是忍着，到后来就会梦想出现一个庞然大物，将坏人统统消灭掉吧。大家都有这种信仰……这就是弱者的心愿。跟无家可归、到处流浪的犹太人非常相似。你是不是觉得村民们也很辛苦，就跟遭受迫害的犹太人一样，生活得很艰难？"

"很艰难。"日照突然冒出一句。"太多辛酸了。"他又补充了一句。之后他却不再解释。

"日照师父，我听说村里人生孩子时，还有被野兽附体的说法。那是怎么回事？"我提了另外一个问题。

"被野兽附体？你什么时候听说的？"日照好像很恼火，忿忿地问我。

"我听说櫂女士以前就因为这个说法，后来被送人了。"

"哦，那件事儿啊。"日照脸色缓和下来，继续看着窗外说，"这里从很久以前就一直有'兽子''鬼子'的说法，大概从江户时代之前就有了吧。"

"什么是'兽子'？"

"过去传说，如果有人嫁到世代都被诅咒的人家去，怀孕以后脸上就会生出凶相。"

"凶相？"

"嗯，就会变得像野兽那样可怕，丑陋。脸尖尖的，像狐狸一样，不再是人，而成为动物的脸。"

"啊？"里美十分讶异。

"这样她就会生出兽子来。"

"什么意思？"

"生的小孩不是人，是魔鬼，魔鬼的孩子。"在黑漆漆的屋子里，和尚说话的声音也变得凄惨起来。

"好吓人。什么意思吗？"里美问。

"就像乌龟一样，背上全是黑毛。"

"啊？"我也吓了一跳。

"快别说了，太吓人了，我以后都不敢生孩子了。"里美轻轻地说。

"而且这种孩子一生下来就会走路，挣开产婆，自己走去屋檐下边。如果孩子跑到产妇的被子里，产妇就会发高烧，躺在床上，三天三夜后必死无疑。有这种传说。所以万一生出兽子,就必须趁他下地前打死他。为保证家宅平安,还得把产妇也弄死。"

我们都听得不知如何是好,两人闭口不语。里美早就皱起了眉头。

"好可怕。这些都是真的?"

"嗯,以前有这种说法。不过,现在都照B超,这种事情就少了。"

"那櫂女士呢?"我问。

"不,她不是兽子。"日照很肯定。

"兽子没法在社会上生活,早就被人打死了。叫我说这其中定有什么误会。真不知道他们为什么造这种谣。可能櫂女士母亲嫁的那家人很久以前被诅咒过。如果是那种家里,生出的孩子毛发又比较多,那大家马上就会议论,说出兽子之类的话。"

"那櫂女士被送出去,受人歧视,是怎么回事?"

"是啊,太可怜了。真不负责。她小时候在学校里就经常有同学朝她扔石头,害得她每次都哭着跑回家。乡下人太无知,太愚昧。不过就是些迷信嘛,却没人觉得可耻。得早点儿破除这些陋习,否则大家都不好过。"和尚认真地说。

"就是。"我也附和。

"不过最近好很多了,这种蠢事也少了。"日照愤慨地说。

"过去的人真过分。"里美叹了口气说。

"可櫂女士很开朗，大家根本想不到她竟有过那些经历。她真是个好人，得到了好报。"我说。

"是啊，做人还是要开朗些。"和尚也说，"一味消沉也解决不了问题。每个人动不动都会消沉。"

"日照师父好像经常帮助櫂女士吧？"

"嗯，能帮的我都会帮一把。"日照说。

"我妈说要不是师父您援手，櫂女士就更惨了。"里美说。日照默默地点了点头。黑暗中，他的侧脸显出一丝悲伤。

"是啊，她经历了很多苦难。可她一点儿也不叫别人察觉，这点她很伟大。"我说的是真心话。日照听了又默默地点了点头，突然冒出一句："她真的很了不起。"

"如果她不问菊川借钱就好了。大家都说那家伙人品不好。"我说。日照又沉默了好久，才说："不，她被骗了，是被人骗了。"

我不知道他这话是什么意思。被骗？什么意思？被骗什么了？

"村民们都很穷，谁家都不宽裕。"和尚说，"赚不到钱。"

"大濑家也是吧？"日照没有说话，过了好久才又冒出一句："不止他们一家。"

"啊？"

"大家都咬紧牙关忍着，不作声。"我听后，又想到了黑住。

"菊川神官……"我刚说了一半。

"他才不是什么神官。他不配。他根本没有救过人。神职人员应以救人为己任,他却去害人,把村民们害惨了,逼得人家走投无路。救人于苦难,对人伸出援手,这才是神职人员的职责。就算帮不了,握住别人的手,说几句风趣的话,逗人一笑,也是一种安慰。"黑暗中,我仍可以看见他脸上的愤怒。

"可那个混蛋只会欺负受苦的人。"住持握起了拳头叫道。

"你问我大濑家的真理子,是不是他杀的?是不是菊川杀的?不是他,还有谁?"我很意外他竟这么肯定。

"他杀的?"我问了一句,看向日照,黑暗中他也看着我。

"是他杀的。我非常肯定,就是他杀的真理子。不会错的。"

我大吃一惊,眼前的日照早已不是那个谈笑风生的他了。

"可那个老狐狸绝不会露出破绽的。不管怎么威胁、查证,他都滴水不漏,不会露出尾巴的。警察也拿他没办法。那家伙长期犯险,经验非常丰富。他害了多少人,玩弄了多少女性,弄得人家家破人亡,村里多少人被他逼得上吊。必须有人出来除了他,必须有人。不过……"日照不再说了。他沉默了一会儿,才慢慢吐出一口气，继续道："没有人。谁都拿他没办法。没人愿意为他犯罪。没人有这个勇气。要是森孝魔王这时候出现就好了。"

和尚说着，始终望着窗外，太阳已经完全下山，什么都看不见了。今天回想起来，他的这番话就是之后那件惨案的导火线，充满幻象的龙卧亭事件，那天晚上才刚刚拉开序幕——